TRANZLATY

El idioma es para todos

மொழி அனைவருக்கும் பொதுவானது

Las Aventuras de Alicia en el País de las Maravillas

การผจญภัยของอลิซในแดนมหัศจรรย์

Lewis Carroll

ลูอิส แคร์โรลล์

Español / ไทย

Por la madriguera del conejo
ลงหลุมกระต่าย

Alicia empezaba a cansarse mucho

อลิซเริ่มเหนื่อยมาก

Estaba sentada junto a su hermana en el banco de hierba

เธอนั่งข้างน้องสาวของเธอบนฝั่งหญ้า

Pero ella no tenía nada que hacer

แต่เธอไม่มีอะไรทำ

Su hermana estaba leyendo un libro

น้องสาวของเธอกำลังอ่านหนังสือ

una o dos veces Alicia echó un vistazo al libro

ครั้งหรือสองครั้งอลิซแอบมองเข้าไปในหนังสือ

Pero el libro no contenía imágenes ni conversaciones

แต่หนังสือเล่มนี้ไม่มีรูปภาพหรือบทสนทนาอยู่ในนั้น

«¿De qué sirve un libro sin imágenes?», pensó Alicia

"หนังสือที่ไม่มีรูปภาพมีประโยชน์อะไร" อลิซคิด

"¿Por qué un libro no tendría conversaciones?"

"ทำไมหนังสือถึงไม่มีการสนทนา"

Pero tenía otras cosas que considerar
แต่เธอมีเรื่องอื่นที่ต้องพิจารณา

"Hacer una cadena de margaritas sería un placer"
"การทำโซ่ดอกเดซี่คงเป็นเรื่องที่น่ายินดี"

"¿Pero vale la pena el esfuerzo de levantarse y recoger las margaritas?"
"แต่มันคุ้มค่ากับความพยายามในการลุกขึ้นและเก็บดอกเดซี่หรือไม่?"

No era tan fácil pensar en esto
นี่ไม่ใช่เรื่องง่ายที่จะคิด

porque el día la estaba haciendo sentir somnolienta y estúpida
เพราะวันนั้นทำให้เธอรู้สึกง่วงนอนและโง่เขลา

Pero de repente sus pensamientos se vieron interrumpidos
แต่ทันใดนั้นความคิดของเธอก็ถูกขัดจังหวะ

un conejo blanco de ojos rosados corrió cerca de ella
กระต่ายขาวที่มีดวงตาสีชมพูวิ่งเข้ามาใกล้เธอ

No había nada demasiado notable en el conejo

ไม่มีอะไรน่าทึ่งเกินไปเกี่ยวกับกระต่าย

y Alicia tampoco pensó que el conejo fuera notable

และอลิซก็ไม่คิดว่ากระต่ายนั้นน่าทึ่งเช่นกัน

ni le extrañó que el Conejo hablara

และมันก็ไม่ทำให้เธอแปลกใจเมื่อกระต่ายพูด

"¡Oh, Dios mío! ¡Llegaré demasiado tarde!", se dijo a sí mismo

"โอ้ที่รัก! ฉันจะสายเกินไป!" เขาพูดกับตัวเอง

pero entonces el Conejo hizo algo que los conejos no hacían

แต่แล้วกระต่ายก็ทำสิ่งที่กระต่ายไม่ทำ

el Conejo sacó un reloj del bolsillo de su chaleco

กระต่ายหยิบนาฬิกาออกจากกระเป๋าเสื้อกั๊ก

Miró la hora y luego se apresuró a seguir adelante

เขามองเวลาแล้วรีบไป

Alicia se puso en pie, asombrada

อลิซลุกขึ้นยืนด้วยความประหลาดใจ

¡Nunca antes había visto un conejo con chaleco!

เธอไม่เคยเห็นกระต่ายสวมเสื้อกั๊กมาก่อน!

¡Tampoco había visto nunca un conejo con reloj!

เธอไม่เคยเห็นกระต่ายที่มีนาฬิกา!

Alicia ardía con una nueva curiosidad

อลิซกำลังลุกโชนด้วยความอยากรู้อยากเห็นใหม่

y corrió por el campo tras el Conejo

และเธอก็วิ่งข้ามทุ่งตามกระต่าย

Llegó justo a tiempo para ver desaparecer al conejo

เธอทันเวลาที่จะเห็นกระต่ายหายไป

El conejo saltó a una gran madriguera

กระต่ายกระโดดลงไปในโพรงกระต่ายขนาดใหญ่

¡En otro momento, Alicia bajó detrás del conejo!
ในอีกชั่วขณะหนึ่งอลิซก็ล้มลงตามกระต่าย!

La madriguera del conejo seguía recto como un túnel
หลุมกระต่ายตรงไปราวกับอุโมงค์

Y el túnel siguió avanzando a cierta distancia
และอุโมงค์ก็ดำเนินต่อไปเป็นระยะทางหนึ่ง

Y entonces el camino de repente se hundió
แล้วจู่ๆ ทางเดินก็ลดลง

Alicia no tuvo ni un momento para pensar en detenerse
อลิซไม่มีเวลาคิดที่จะหยุดตัวเอง

Se encontró a sí misma cayendo y abajo y abajo
เธอพบว่าตัวเองล้มลงและลงและลง

Parecía como si hubiera caído en un pozo muy profundo
ดูเหมือนว่าเธอตกลงไปในบ่อน้ำที่ลึกมาก

O el pozo era muy profundo, o ella caía muy lentamente
ไม่ว่าจะเป็นบ่อน้ำลึกมากหรือเธอตกลงมาช้ามาก

porque tenía tiempo de sobra para caer
เพราะเธอมีเวลาเหลือเฟือที่จะล้ม

Mientras caía, podía mirar a su alrededor
ขณะที่เธอกำลังล้มลง เธอสามารถมองไปรอบ ๆ เธอได้

Primero, trató de averiguar a dónde iba
ขั้นแรกเธอพยายามหาว่าเธอกำลังจะไปที่ไหน

Pero el pozo estaba demasiado oscuro para ver nada
แต่บ่อน้ำมืดเกินกว่าจะมองเห็นอะไรเลย

Luego miró a los lados del pozo
จากนั้นเธอก็มองไปที่ด้านข้างของบ่อน้ำ

Y se dio cuenta de que había armarios a su alrededor

และเธอสังเกตเห็นว่ามีตู้อยู่รอบตัวเธอ

y alrededor del pozo había estanterías de libros

และรอบๆ บ่อน้ำมีชั้นหนังสือ

Aquí y allá veía mapas y cuadros colgados de perchas

ที่นี่และที่นั่นเธอเห็นแผนที่และรูปภาพแขวนอยู่บนหมุด

Al pasar, bajó un frasco de una de las estanterías

เธอหยิบขวดโหลลงจากชั้นวางชั้นหนึ่งขณะที่เธอเดินผ่าน

El frasco estaba etiquetado por su contenido

โถถูกติดฉลากสำหรับเนื้อหา

"MERMELADA DE NARANJAS"

"แยมผิวส้มทำจากส้ม"

Pero, para su gran decepción, el frasco de mermelada estaba
vacío

แต่ด้วยความผิดหวังอย่างมากของเธอคือขวดแยมผิวส้มว่างเปล่า

No quería dejar caer el tarro de mermelada vacío

เธอไม่ต้องการทำขวดแยมผิวส้มเปล่าหล่น

y su caída fue muy lenta

และการล้มของเธอช้ามาก

Así que se las arregló para poner el frasco de mermelada en
uno de los armarios

ดังนั้นเธอจึงจัดการใส่โถแยมผิวส้มลงในตู้ตู้หนึ่ง

¡Abajo, abajo, abajo, ella cae!

ลง ลง ลง เธอล้มลง!

¿Llegaría alguna vez la caída a su fin?

การตกจะสิ้นสุดลงหรือไม่?

No había nada más que hacer

ไม่มีอะไรให้ทำอีกแล้ว

así que Alicia pronto empezó a hablar consigo misma

ในไม่ช้าอลิซก็เริ่มพูดกับตัวเอง

—¡Dinah me echará mucho de menos esta noche, creo!

"คืนนี้ไดนาห์จะคิดถึงฉันมาก ฉันควรจะคิด!"

Dinah era la gata de Alicia

ไดนาห์เป็นแมวของอลิซ

"Espero que se acuerden de su plato de leche a la hora del té"

"ฉันหวังว่าพวกเขาจะจำจานรองนมของเธอได้ในเวลาน้ำชา"

—¡Dinah, querida, desearía que estuvieras aquí abajo conmigo!

"ไดนาห์ที่รัก ฉันหวังว่าคุณจะอยู่ที่นี่กับฉัน!"

Alicia sintió que se estaba quedando dormida

อลิซรู้สึกว่าเธอกำลังง่วงนอน

Y de repente, ¡pum! ¡golpe!

แล้วทันใดนั้น ก็กระแทก! กระแทก!

Cayó sobre un montón de palos

เธอล้มลงบนกองไม้

y aterrizó sobre un montón de hojas secas

และเธอก็ลงจอดบนกองใบไม้แห้ง

Y finalmente la larga caída por el agujero había terminado

และในที่สุดการล้มลงหลุมก็จบลง

Alicia no estaba herida en lo más mínimo

อลิซไม่ได้รับบาดเจ็บแม้แต่น้อย

Y se levantó de un salto en un momento

และเธอก็กระโดดขึ้นภายในชั่วขณะ

Alzó la vista, pero todo estaba oscuro sobre su cabeza

เธอเงยหน้าขึ้น แต่เหนือศีรษะมืดไปหมด

Frente a ella había otro largo pasillo

ตรงหน้าเธอเป็นทางเดินยาวอีกทางหนึ่ง

y el Conejo Blanco seguía a la vista
และกระต่ายขาวก็ยังอยู่ในสายตา
Corría por el pasillo
เขากำลังรีบวิ่งไปตามทางเดิน
No había un momento que perder
ไม่มีช่วงเวลาใดที่จะเสียไป
Alicia salió corriendo como el viento
อลิซวิ่งเหมือนสายลม
A la vuelta de la esquina giró el conejo
รอบหัวมุมหันกระต่าย
Llegó justo a tiempo para oír al conejo
เธอทันเวลาที่จะได้ยินกระต่าย
"Oh, mis orejas y bigotes"
""โอ้ หูและหนวดของฉัน"
"¡Qué tarde se está haciendo!"
"มันดึกแค่ไหน!"
Estaba muy cerca del conejo
เธออยู่ข้างหลังกระต่าย
Dobló otra esquina
เธอหันไปอีกมุมหนึ่ง
pero el Conejo ya no se dejaba ver
แต่กระต่ายไม่ปรากฏให้เห็นอีกต่อไป
Se encontró en un pasillo largo y bajo
เธอพบว่าตัวเองอยู่ในห้องโถงที่ยาวและเตี้ย
La sala estaba iluminada por una hilera de lámparas de techo
ห้องโถงสว่างไสวด้วยโคมไฟเพดานแถวหนึ่ง
Había puertas por todo el pasillo
มีประตูอยู่รอบห้องโถง

pero todas las puertas estaban cerradas con llave

แต่ประตูทั้งหมดถูกล็อค

Caminó por un lado del pasillo

เธอเดินไปจนสุดทางด้านหนึ่งของห้องโถง

Y ella había caminado todo el camino hasta el otro lado de la sala

และเธอก็เดินไปอีกด้านหนึ่งของห้องโถง

Había intentado todas las puertas

เธอได้ลองทุกประตู

Y caminó tristemente por el centro del pasillo

และเธอเดินไปกลางห้องโถงอย่างเศร้าโศก

"¿Cómo voy a volver a salir?"

"ฉันจะออกไปอีกได้อย่างไร"

De repente se encontró con una mesita

ทันใดนั้นเธอก็มาเจอโต๊ะเล็กๆ

La mesa estaba hecha completamente de vidrio macizo

โต๊ะทำจากกระจกทึบทั้งหมด

No había nada sobre la mesa, excepto una pequeña llave dorada

ไม่มีอะไรบนโต๊ะนอกจากกุญแจทองคำเล็กๆ

¡La llave podría pertenecer a una de las puertas!

กุญแจอาจเป็นของประตูบานใดบานหนึ่ง!

Pero, ¡ay! Algunas de las cerraduras eran demasiado grandes para las llaves

แต่อนิจจา! ล็อคบางตัวใหญ่เกินไปสำหรับกุญแจ

y para las otras cerraduras la llave era demasiado pequeña

และสำหรับล็อคอื่น ๆ กุญแจก็เล็กเกินไป

Pero, en cualquier caso, la llave no abrió ninguna de las puertas

แต่ไม่ว่าในกรณีใด กุญแจก็ไม่ได้เปิดประตูใด ๆ

Pero, ¿qué iba a hacer ella?

แต่เธอจะทำอย่างไร?

Volvió a atravesar el pasillo

เธอเดินผ่านห้องโถงอีกครั้ง

Y esta vez se fijó en una cortina baja

และคราวนี้เธอสังเกตเห็นม่านเตี้ย

Detrás de la cortina había una puertecita

หลังม่านมีประตูเล็กๆ

La puerta tenía unos quince centímetros de alto

ประตูสูงประมาณสิบห้านิ้ว

Probó la pequeña llave dorada en la cerradura

เธอลองใช้กุญแจทองคำตัวเล็ก ๆ ในล็อค

Y para su gran deleite, ¡la llave encajó en la cerradura!
และเพื่อความสุขของเธออย่างยิ่งกุญแจพอดีกับล็อค!

Alicia abrió la puerta
อลิซเปิดประตู

Y encontró que la puerta daba a un pequeño pasillo
และเธอพบว่าประตูนำไปสู่ทางเดินเล็กๆ

El corredor no era mucho más grande que una madriguera de ratas
ทางเดินไม่ใหญ่กว่ารูหนูมากนัก

Se arrodilló y miró a lo largo del pasillo
เธอคุกเข่าลงและมองไปตามทางเดิน

Y ella vio el jardín más hermoso que jamás hayas visto
และเธอได้เห็นสวนที่น่ารักที่สุดที่คุณเคยเห็นมา

¡Cómo anhelaba salir de ese oscuro salón
เธอปรารถนาที่จะออกจากห้องโถงที่มืดมิดนั้นแค่ไหน

cómo quería vagar entre esas flores brillantes
เธอต้องการเดินไปท่ามกลางดอกไม้ที่สดใสเหล่านั้นอย่างไร

¡Qué genial se veían esas fuentes
น้ำพุเหล่านั้นดูสดชื่นแค่ไหน

Pero ni siquiera podía meter la cabeza por la puerta
แต่เธอไม่สามารถแม้แต่จะสอดศีรษะของเธอผ่านทางเข้าประตู

-¡Oh! -exclamó Alicia con tristeza-
"โอ้" อลิซพูดด้วยความเศร้าโศก

"¡Cómo desearía poder plegarme como un telescopio!"
"ฉันหวังว่าฉันจะพับได้เหมือนกล้องโทรทรรศน์!"

"Creo que podría plegarme como un telescopio"
"ฉันคิดว่าฉันสามารถพับได้เหมือนกล้องโทรทรรศน์"

"Si supiera cómo empezar"

"ถ้าฉันรู้วิธีเริ่มต้น"

Alicia volvió a la mesa
อลิซกลับไปที่โต๊ะ

Existía la posibilidad de encontrar otra llave
มีโอกาสที่จะพบกุญแจอื่น

O podría haber un libro de reglas
หรืออาจมีหนังสือกฎ

El libro podría decirle cómo plegarse como un telescopio
หนังสือเล่มนี้สามารถบอกเธอถึงวิธีพับเหมือนกล้องโทรทรรศน์

Esta vez encontró una botellita
คราวนี้เธอพบขวดเล็ก ๆ

—Esta botella no estaba aquí antes —dijo Alicia—
"ขวดนี้ไม่เคยอยู่ที่นี่มาก่อนแน่นอน" อลิซกล่าว

y atada alrededor del cuello de la botella había una etiqueta de papel
และผูกไว้ที่คอขวดเป็นฉลากกระดาษ

La etiqueta estaba bellamente impresa en letras grandes
ฉลากถูกพิมพ์อย่างสวยงามด้วยตัวอักษรขนาดใหญ่

"BÉBEME"
"ดื่มฉัน"

—No, miraré primero —dijo ella—
"ไม่ ฉันจะดูก่อน" เธอกล่าว

"Veré si la botella está marcada como venenosa o no"
"ฉันจะดูว่าขวดนั้นมีพิษหรือไม่"

porque nunca olvidó la lección sobre el veneno
เพราะเธอไม่เคยลืมบทเรียนเกี่ยวกับยาพิษ

"Si una botella está etiquetada como venenosa, es probable que no esté de acuerdo contigo"

"ถ้าขวดมีป้ายกำกับว่าเป็นพิษ มันจะต้องไม่เห็นด้วยกับคุณ"
Sin embargo, esta botella no estaba marcada como venenosa
อย่างไรก็ตาม ขวดนี้ไม่ได้ทำเครื่องหมายว่าเป็นพิษ
así que Alicia se aventuró a probar el contenido de la botella
อลิซจึงเสี่ยงที่จะลิ้มรสเนื้อหาในขวด
Encontró el líquido bastante de su agrado
เธอพบว่าของเหลวค่อนข้างถูกใจเธอ
La bebida tenía una especie de sabor mezclado
เครื่องดื่มมีรสชาติผสม
tarta de cerezas, natillas y piña
เชอร์รี่ทาร์ต คัสตาร์ด และสับปะรด
Pavo asado, caramelo y tostadas con mantequilla caliente
ไก่งวงย่าง ทอฟฟี่ และขนมปังปิ้งกับเนยร้อน
Y pronto acabó la botella
และในไม่ช้าเธอก็ดื่มขวดเสร็จ
-¡Qué sensación tan curiosa! -exclamó Alicia-
"ช่างเป็นความรู้สึกที่แปลกประหลาด!" อลิซกล่าว
"¡Me estoy pliegando como un telescopio!"
"ฉันกำลังพับเหมือนกล้องโทรทรรศน์!"
¡Y se estaba pliegando como un telescopio!
และเธอก็พับขึ้นเหมือนกล้องโทรทรรศน์จริงๆ!
Ahora solo medía diez pulgadas de alto
ตอนนี้เธอสูงเพียงสิบนิ้ว
y su rostro se iluminó con sus pensamientos
และใบหน้าของเธอก็สดใสขึ้นเมื่อคิด
Ahora ella tenía el tamaño adecuado para la pequeña puerta
ตอนนี้เธอมีขนาดที่เหมาะสมกับประตูเล็ก ๆ
Ahora podía entrar en ese hermoso jardín

ตอนนี้เธอสามารถเข้าไปในสวนที่สวยงามนั้นได้

Pronto dejó de hacerse más pequeña

ในไม่ช้าเธอก็หยุดตัวเล็กลง

Decidió ir al jardín de inmediato

เธอตัดสินใจเข้าไปในสวนทันที

pero, ¡ay de la pobre Alicia!

แต่อนิจจาสำหรับอลิซที่น่าสงสาร!

Llegó a la puerta

เธอไปถึงประตู

Pero había olvidado la pequeña llave de oro

แต่เธอลืมกุญแจทองคำตัวเล็ก ๆ

Volvió a la mesa en busca de la llave

เธอกลับไปที่โต๊ะเพื่อหากุญแจ

Pero se dio cuenta de que no podía llegar lo suficientemente alto

แต่เธอพบว่าเธอไม่สามารถไปถึงสูงพอ

Podía ver la llave claramente a través del cristal

เธอสามารถมองเห็นกุญแจได้ชัดเจนผ่านกระจก

Trató de trepar por las patas de la mesa

เธอพยายามปีนขาโต๊ะ

Pero el cristal era demasiado resbaladizo

แต่กระจกลื่นเกินไป

Con el tiempo se cansó de intentarlo

ในที่สุดเธอก็เหนื่อยล้ากับการพยายาม

Y la pobre niña se sentó y lloró

และเด็กหญิงตัวเล็ก ๆ ที่น่าสงสารก็นั่งลงและร้องไห้

Alicia se habló a sí misma con bastante brusquedad

อลิซพูดกับตัวเองค่อนข้างเฉียบแหลม

"¡Vamos, no sirve de nada llorar así!"
"มาเถอะ ไม่มีประโยชน์ที่จะร้องไห้แบบนั้น!"

"¡Te aconsejo que te detengas ahora mismo!"
"ฉันแนะนำให้คุณหยุดในนาทีนี้!"

En general, se daba muy buenos consejos
โดยทั่วไปเธอให้คำแนะนำที่ดีมากแก่ตัวเอง

aunque muy rara vez seguía sus propios consejos
แม้ว่าเธอจะไม่ค่อยทำตามคำแนะนำของเธอเอง

Y a veces era demasiado dura consigo misma
และบางครั้งเธอก็รุนแรงกับตัวเองเกินไป

y sus palabras hicieron que se le llenaran los ojos de lágrimas
และคำพูดของเธอทำให้น้ำตาไหล

Pronto sus ojos se posaron en una cajita de cristal
ไม่นานสายตาของเธอก็ตกลงไปที่กล่องแก้วเล็กๆ

La cajita de cristal estaba debajo de la mesa
กล่องแก้วเล็ก ๆ วางอยู่ใต้โต๊ะ

En la caja de cristal había un pastel muy pequeño
ในกล่องแก้วมีเค้กชิ้นเล็กมาก

En el pastel, algunas palabras estaban bellamente escritas
บนเค้กบางคำเขียนได้อย่างสวยงาม

Las palabras habían sido marcadas con grosellas
คำถูกทำเครื่องหมายด้วยลูกเกด

"CÓMEME"
"กินฉัน"

—Bueno, me comeré el pastel —dijo Alicia—
"เอาล่ะ ฉันจะกินเค้ก" อลิซกล่าว

"y si el pastel me hace crecer, puedo llegar a la llave"

"และถ้าเค้กทำให้ฉันโตขึ้น ฉันก็สามารถเข้าถึงกุญแจได้"

"y si el pastel me hace más pequeño, puedo arrastrarme por debajo de la puerta"

"และถ้าเค้กทำให้ฉันเล็กลง

ฉันก็สามารถคืบคลานเข้าไปใต้ประตูได้"

"así que de cualquier manera me meteré en el jardín"

"ไม่ว่าจะด้วยวิธีใดฉันจะเข้าไปในสวน"

"¡Y no me importa cuál de los dos suceda!"

"และฉันไม่สนใจว่าอันไหนในสองเหตุการณ์จะเกิดขึ้น!"

Se comió un pedacito del pastel

เธอกินเค้กเล็กน้อย

Y se habló a sí misma con ansiedad:

และเธอพูดกับตัวเองอย่างกังวล:

—¿De qué manera? ¿Hacia dónde?

"ไปทางไหน? ไปทางไหน?"

Y se llevó la mano a la cabeza

และเธอก็เอามือของเธอไว้บนศีรษะของเธอ

Quería sentir de qué manera estaba creciendo

เธอต้องการรู้สึกว่าเธอกำลังเติบโตไปทางไหน

Se sorprendió bastante al descubrir lo que había sucedido

เธอค่อนข้างประหลาดใจที่พบสิ่งที่เกิดขึ้น

¡Había permanecido del mismo tamaño!

เธอยังคงมีขนาดเท่าเดิม!

Así que esta vez redobló sus esfuerzos

ดังนั้นคราวนี้เธอจึงพยายามเป็นสองเท่า

Y pronto terminó todo el pastel

และในไม่ช้าเธอก็ทำเค้กทั้งชิ้น

El charco de lágrimas
สระน้ำตา

-¡Esto se está poniendo cada vez más interesante! -exclamó
Alicia-

"นี่น่าสนใจมากขึ้นเรื่อย ๆ !" อลิซร้อง

Se puede ver que estaba muy sorprendida

คุณจะเห็นได้ว่าเธอประหลาดใจมาก

"¡Me estoy abriendo como el telescopio más grande que
jamás haya existido!"

"ฉันกำลังเปิดออกเหมือนกล้องโทรทรรศน์ที่ใหญ่ที่สุดเท่าที่เคยมี

มา!"

—¡Adiós, pies! ¡Oh, mis pobres piecitos!

"ลาก่อนเท้า! โอ้ เท้าเล็ก ๆ ที่น่าสงสารของฉัน"

"Me pregunto quién se pondrá sus zapatos por ustedes
ahora, queridos".

"ฉันสงสัยว่าใครจะใส่รองเท้าให้คุณตอนนี้ที่รัก"

—¿Y me pregunto quién se pondrá las medias?

"และฉันสงสัยว่าใครจะใส่ถุงน่องของคุณ?"

"Estaré demasiado lejos"

"ฉันจะอยู่ไกลเกินไป"

"No podré preocuparme más por ti"

"ฉันจะไม่สามารถรบกวนตัวเองเกี่ยวกับคุณได้อีกต่อไป"

Justo en ese momento su cabeza golpeó contra algo

ในขณะนั้นศีรษะของเธอกระแทกกับบางสิ่งบางอย่าง

Había llegado al techo de la sala

เธอไปถึงหลังคาห้องโถงแล้ว

De hecho, ahora medía más de dos metros de altura

ในความเป็นจริงตอนนี้เธอสูงมากกว่าสองเมตร

Y al instante tomó la pequeña llave de oro

และเธอก็หยิบกุญแจทองคำเล็ก ๆ ขึ้นมาทันที

Y se apresuró a llegar a la puerta del jardín
และเธอรีบไปที่ประตูสวน

¡Pobre Alicia! No había mucho que pudiera hacer
อลิซผู้น่าสงสาร! เธอทำอะไรไม่ได้มากนัก

Se acostó de lado
เธอนอนอยู่ด้านหนึ่ง

Y miró al jardín con un ojo
และเธอมองเข้าไปในสวนด้วยตาข้างเดียว

Pero salir adelante era más desesperado que nunca
แต่การผ่านไปได้นั้นสิ้นหวังกว่าที่เคย

Se sentó y comenzó a llorar de nuevo
เธอนั่งลงและเริ่มร้องไห้อีกครั้ง

Siguió derramando galones de lágrimas
เธอยังคงหลั่งน้ำตาหลายแกลลอน

Pronto había un gran estanque a su alrededor
ในไม่ช้าก็มีสระน้ำขนาดใหญ่รอบตัวเธอ

Y el agua llegaba hasta la mitad del pasillo
และน้ำก็มาถึงครึ่งทางของห้องโถง

Al cabo de un rato, oyó un pequeño golpeteo de pies
หลังจากนั้นไม่นานเธอก็ได้ยินเสียงเท้ากระทบเล็กน้อย

Oyó los pasos que venían de lejos
เธอได้ยินเสียงเท้ามาจากระยะไกล

Y se secó los ojos apresuradamente para ver lo que venía
และเธอรีบเช็ดตาให้แห้งเพื่อดูว่าจะเกิดอะไรขึ้น

Era el Conejo Blanco que regresaba
มันคือกระต่ายขาวที่กลับมา

Iba espléndidamente vestido

เขาแต่งตัวสวยงาม

Tenía un par de guantes blancos en una mano
เขามีถุงมือสีขาวในมือข้างหนึ่ง

y tenía un gran abanico de plumas en la otra mano
และเขามีพัดขนนกขนาดใหญ่อยู่ในมืออีกข้างหนึ่ง

Llegó trotando a toda prisa
เขาวิ่งเหยาะๆ ไปด้วยความรีบร้อน

y murmuró para sí: "¡Oh! ¡La duquesa, la duquesa!
และเขาพึมพำกับตัวเองว่า "โอ้! ดัชเชส ดัชเชส!"

—¡Oh! ¡No será salvaje si la he hecho esperar!
"โอ้! เธอจะไม่ป่าเถื่อนหรอกถ้าฉันปล่อยให้เธอรอ!"

Cuando el Conejo se acercó a ella, Alicia habló
เมื่อกระต่ายเข้ามาใกล้เธอ อลิซก็พูด

Pero ella hablaba en voz baja y tímida
แต่เธอพูดด้วยน้ำเสียงต่ำและขี้อาย

"Señor, por favor, deje de hacer lo que está haciendo por un momento"

"ท่าน โปรดหยุดสิ่งที่คุณกำลังทำอยู่สักครู่"

El Conejo se sobresaltó violentamente
กระต่ายตกใจอย่างรุนแรง

Dejó caer los guantes blancos y el abanico de plumas
เขาทำถุงมือขาวและพัดขนนกหล่น

Y se escabulló en la oscuridad lo más rápido que pudo
และเขาก็รีบหนีเข้าไปในความมืดให้เร็วที่สุดเท่าที่จะทำได้

Alicia recogió el abanico de plumas y los guantes
อลิซหยิบพัดขนนกและถุงมือขึ้น

Y no paraba de abanicarse mientras seguía hablando
และเธอก็พัดตัวเองในขณะที่เธอพูดต่อไป

"¡Querido, querido! ¡Qué extraño es todo hoy!"
"ที่รักที่รัก! วันนี้ทุกอย่างแปลกแค่ไหน!"

"Ayer las cosas siguieron como siempre"
"เมื่อวานสิ่งต่าง ๆ ดำเนินไปตามปกติ"

—¿Era yo el mismo cuando me levanté esta mañana?
"ฉันเหมือนเดิมหรือเปล่าเมื่อฉันตื่นเช้านี้"

"Pero si no soy el mismo, hay otra cuestión"
"แต่ถ้าฉันไม่เหมือนเดิม ก็มีคำถามอื่น"

"¿Quién demonios soy yo?"
"ฉันเป็นใครในโลกนี้"

"¡Ah, ese es el gran rompecabezas!"
"อ่า นั่นคือปริศนาที่ยิ่งใหญ่!"

Al decir esto, se miró las manos
ขณะที่เธอพูดเช่นนี้ เธอก็ก้มลงมองมือของเธอ

Llevaba uno de los Conejos, gusanos blancos
เธอสวมถุงมือสีขาวกระต่ายตัวเล็ก ๆ

No se había dado cuenta de que se había puesto el guante

mientras hablaba

เธอไม่ได้สังเกตว่าเธอสวมถุงมือขณะพูด

"¿Cómo pude haber hecho eso?", pensó

"ฉันจะทำอย่างนั้นได้อย่างไร" เธอคิด

"Debo estar haciéndome pequeño otra vez"

"ฉันต้องตัวเล็กขึ้นอีกแล้ว"

Se levantó y se acercó a la mesa para medir su altura

เธอลุกขึ้นและไปที่โต๊ะเพื่อวัดความสูงของเธอ

Descubrió que ahora medía aproximadamente medio metro de altura

เธอพบว่าตอนนี้เธอสูงประมาณครึ่งเมตร

Y ella seguía encogiéndose rápidamente

และเธอยังคงหดตัวอย่างรวดเร็ว

Pronto descubrió cuál era la causa del encogimiento

ในไม่ช้าเธอก็พบว่าสาเหตุของการหดตัวคืออะไร

¡El abanico de plumas la estaba haciendo más pequeña de nuevo!

พัดขนนกทำให้เธอเล็กลงอีกครั้ง!

Y dejó caer el abanico de plumas apresuradamente

และเธอก็ทำพัดขนนกหล่นอย่างรีบร้อน

Dejó caer el abanico de plumas justo a tiempo para salvarse

เธอทำพัดขนนกหล่นทันเวลาเพื่อช่วยตัวเอง

Si se hubiera abanicado por más tiempo, se habría encogido por completo

ถ้าเธอพัดตัวเองอีกต่อไปเธอคงหดตัวไปโดยสิ้นเชิง

-¡Ha sido una fuga por los pelos! -dijo Alicia-

"นั่นเป็นการหลบหนีอย่างหวุดหวิด!" อลิซกล่าว

Y se asustó mucho ante el cambio repentino

และเธอก็หวาดกลัวมากกับการเปลี่ยนแปลงอย่างกะทันหัน

pero estaba muy contenta de encontrarse todavía en existencia

แต่เธอดีใจมากที่พบว่าตัวเองยังคงมีอยู่

—¡Y ahora, al jardín!

"และตอนนี้ ไปที่สวน!"

Y corrió a toda prisa hacia la puertecita

และเธอก็วิ่งกลับไปที่ประตูเล็ก ๆ ด้วยความเร็วทั้งหมด

Pero, ¡ay! La puertecita se cerró de nuevo

แต่อนิจจา! ประตูเล็ก ๆ ถูกปิดอีกครั้ง

Y la pequeña llave de oro volvía a estar sobre la mesa de cristal

และกุญแจทองคำตัวเล็ก ๆ ก็วางอยู่บนโต๊ะกระจกอีกครั้ง

"Las cosas están peor que nunca", pensó el pobre niño

"สิ่งต่าง ๆ เลวร้ายกว่าที่เคย" เด็กที่น่าสงสารคิด

"Nunca antes había sido tan pequeño como esto, ¡nunca!"

"ฉันไม่เคยตัวเล็กขนาดนี้มาก่อน ไม่เคย!"

Al decir estas palabras, su pie resbaló

ขณะที่เธอพูดคำเหล่านี้ เท้าของเธอก็ลื่นไถล

¡Y en otro momento hubo un gran chapoteo!

และในอีกชั่วขณะหนึ่งก็มีน้ำกระเด็นอย่างมาก!

Estaba sumergida en agua salada hasta la barbilla

เธออยู่ในน้ำเค็มถึงคาง

Su primera idea fue que de alguna manera había caído al mar

ความคิดแรกของเธอคือเธอตกลงไปในทะเล

Sin embargo, pronto se dio cuenta de en qué estaba metida

อย่างไรก็ตาม ในไม่ช้าเธอก็ตระหนักว่าเธออยู่ในอะไร

Estaba en un charco de lágrimas

เธออยู่ในแอ่งน้ำตา

las lágrimas que había llorado cuando tenía dos metros de altura

น้ำตาที่เธอร้องไห้เมื่อเธอสูงสองเมตร

Justo en ese momento escuchó algo

ทันใดนั้นเธอก็ได้ยินอะไรบางอย่าง

Algo chapoteaba en la piscina

มีบางอย่างกระเด็นไปมาในสระ

El chapoteo venía de un poco más lejos

การกระเด็นมาจากระยะไกลเล็กน้อย

Y se acercó nadando para ver qué era el chapoteo

และเธอก็ว่ายน้ำเข้าไปใกล้เพื่อดูว่าน้ำกระเด็นคืออะไร

Pronto vio que era solo un ratoncito

ในไม่ช้าเธอก็เห็นว่ามันเป็นเพียงหนูตัวน้อย

El ratoncito también se había metido en el agua

หนูน้อยก็ลื่นไถลลงไปในน้ำด้วย

Alicia pensó para sí misma sobre la situación

อลิซคิดในใจเกี่ยวกับสถานการณ์

—¿Serviría de algo hablar con este ratón?

"มันจะมีประโยชน์ไหมที่จะพูดกับหนูตัวนี้"

"Aquí todo está tan al revés"

"ทุกอย่างคว่ำลงที่นี่"

"Creo que es muy probable que este ratón pueda hablar"

"ฉันควรคิดว่าหนูตัวนี้พูดได้"

"En cualquier caso, no hay nada de malo en intentarlo"

"ไม่ว่าในกรณีใด การพยายามก็ไม่เป็นอันตราย"

Así que empezó a tratar de hablar con el ratón

ดังนั้นเธอจึงเริ่มพยายามพูดคุยกับหนู

"Oh Ratón, ¿conoces la forma de salir de esta piscina?"

"โอ้เมาส์ คุณรู้ทางออกจากสระน้ำนี้ไหม"

—¡Estoy muy cansado de nadar por aquí, oh ratón!

"ฉันเหนื่อยมากกับการว่ายน้ำที่นี่ โอ้เมาส์!"

El ratón la miró con curiosidad

หนูมองเธอค่อนข้างอยากรู้อยากเห็น

El ratón parecía guiñar un ojo con uno de sus ojitos

หนูดูเหมือนจะขยิบตาด้วยตาเล็ก ๆ ข้างหนึ่งของมัน

Pero el ratoncito no dijo nada

แต่หนูน้อยไม่พูดอะไร

"A lo mejor el ratón no entiende inglés", pensó Alicia

"บางทีหนูอาจไม่เข้าใจภาษาอังกฤษ" อลิซคิด

"Me atrevo a decir que es un ratón francés"

"ฉันกล้าพูดว่ามันเป็นหนูฝรั่งเศส"

"tal vez este ratón vino con Guillermo el Conquistador"

"บางทีหนูตัวนี้อาจจะมากับวิลเลียมผู้พิชิต"

Así que empezó de nuevo, en francés

ดังนั้นเธอจึงเริ่มอีกครั้งเป็นภาษาฝรั่งเศส

"¿Dónde está mi gato?", preguntó en francés
"แมวของฉันอยู่ที่ไหน" เธอถามเป็นภาษาฝรั่งเศส

era la primera frase de su libro de clases de francés
มันเป็นประโยคแรกในหนังสือบทเรียนภาษาฝรั่งเศสของเธอ

El Ratón dio un súbito salto fuera del agua
หนูกระโดดขึ้นจากน้ำอย่างกะทันหัน

y el ratón pareció temblar de miedo
และเมาส์ดูเหมือนจะสั่นสะเทือนด้วยความหวาดกลัว

-¡Oh, le ruego que me perdone! -exclamó Alicia apresuradamente-
"โอ้ ฉันขออภัย!" อลิซร้องอย่างรีบร้อน

Temía haber herido los sentimientos del pobre animal
เธอกลัวว่าเธอจะทำร้ายความรู้สึกของสัตว์ที่น่าสงสาร

"Olvidé que no te gustaban los gatos"
"ฉันลืมไปแล้วว่าคุณไม่ชอบแมว"

—¡No me gustan los gatos! —exclamó el ratón con voz estridente y apasionada—
"ฉันไม่ชอบแมว!" หนูร้องด้วยน้ำเสียงแหลมและเร่าร้อน

—¿Te gustaría tener gatos, si fueras yo?
"คุณอยากได้แมวไหมถ้าคุณเป็นฉัน"

Alicia consoló al ratón en un tono tranquilizador
อลิซปลอบโยนเมาส์ด้วยน้ำเสียงที่ผ่อนคลาย

"Bueno, tal vez a mí tampoco me gustarían los gatos si fuera tú"
"บางทีฉันอาจจะไม่ชอบแมวถ้าฉันเป็นคุณเช่นกัน"

"Por favor, no te enfades por la mención de los gatos"
"โปรดอย่าโกรธเกี่ยวกับการกล่าวถึงแมว"

"Y, sin embargo, desearía poder mostrarte a nuestra gata Dinah"

"แต่ฉันก็หวังว่าฉันจะได้แสดงให้คุณเห็นแมวของเราดีนาห์"

"Si la conocieras, creo que te encapricharías de los gatos"

"ถ้าคุณพบเธอ ฉันคิดว่าคุณจะชอบแมว"

"Si tan solo pudieras verla"

"ถ้าคุณเห็นเธอ"

"Es una cosa tan querida y tranquila"

"เธอเป็นคนที่รักและเงียบสงบ"

El ratón temblaba por todas partes

หนูตัวสั่นไปทั่ว

Alicia estaba segura de que el ratón debía de estar realmente ofendido

อลิซรู้สึกแน่ใจว่าหนูต้องขุ่นเคืองจริงๆ

"No hablaremos más de ella, si prefieres no hacerlo"

"เราจะไม่พูดถึงเธออีกต่อไป ถ้าคุณไม่ต้องการ"

-¡Nosotros, en efecto! -exclamó el Ratón-

"เราแน่นอน!" หนูร้อง

El ratón temblaba hasta la punta de la cola

หนูตัวสั่นจนสุดหาง

—¡Como si fuera a hablar de un tema así!

"ราวกับว่าฉันจะพูดในเรื่องแบบนี้!"

"Nuestra familia siempre odió a los gatos"

"ครอบครัวเราเกลียดแมวเสมอ"

"Gatos; ¡Cosas desagradables, bajas, vulgares!"

"แมว; สิ่งที่น่ารังเกียจ ต่ำต้อย และหยาบคาย!"

"¡No dejes que vuelva a escuchar el nombre!"

"อย่าให้ฉันได้ยินชื่ออีก!"

-¡No volveré a hablar de los gatos! -dijo Alicia-

"ฉันจะไม่พูดถึงแมวอีกจริงๆ!" อลิซกล่าว

Tenía mucha prisa por cambiar de tema

เธอรีบเปลี่ยนเรื่องมาก

"¿Eres tú... ¿Te gustan los perros?

"คุณ... คุณชอบสุนัขไหม"

"Hay un perrito tan simpático cerca de nuestra casa"

"มีสุนัขตัวน้อยที่น่ารักอยู่ใกล้บ้านของเรา"

—¡Me gustaría enseñarte el perrito!

"ฉันอยากจะพาคุณดูสุนัขตัวน้อย!"

"Este perrito mata a todas las ratas y...

"สุนัขตัวน้อยตัวนี้ฆ่าหนูทั้งหมดและ...

-¡Oh, querida! -exclamó Alicia en tono triste-

"โอ้ ที่รัก!" อลิซร้องด้วยน้ำเสียงเศร้าโศก

"¡Me temo que te he ofendido de nuevo!"

"ฉันเกรงว่าฉันจะทำให้คุณขุ่นเคืองอีกแล้ว!"

El ratón se alejaba nadando de ella tan rápido como podía

หนูกำลังว่ายน้ำห่างจากเธอให้เร็วที่สุดเท่าที่จะทำได้

y el ratón hizo un gran alboroto en la piscina

และหนูก็สร้างความวุ่นวายในสระ

Así que llamó suavemente al ratón

ดังนั้นเธอจึงเรียกเบา ๆ ตามหนู

"¡Mi querido ratón, por favor vuelve!"

"หนูที่รักของฉัน โปรดกลับมา!"

"Y no hablaremos de gatos"

"และเราจะไม่พูดถึงแมว"

"Y tampoco tenemos que hablar de perros"

"และเราก็ไม่ต้องพูดถึงสุนัขด้วย"

Cuando el ratón escuchó esto, se dio la vuelta

เมื่อเมาส์ได้ยินเช่นนี้ มันก็หันกลับมา

Y el ratoncito nadó lentamente de regreso a ella
และซหนูน้อยก็ค่อยๆ ว่ายน้ำกลับมาหาเธอ

La cara del ratón estaba bastante pálida
ใบหน้าของหนูค่อนข้างซีด

Y el ratón habló, en voz baja y temblorosa
และหนูก็พูดด้วยเสียงต่ำและสั่นสะเทือน

"Vamos a la orilla"
"เราไปฝั่งกันเถอะ"

"y luego te contaré mi historia"
"แล้วฉันจะเล่าประวัติของฉันให้คุณฟัง"

"y entenderás por qué odio a los gatos y a los perros"
"และคุณจะเข้าใจว่าทำไมฉันถึงเกลียดแมวและสุนัข"

Ya era hora de partir
ถึงเวลาแล้วที่จะไป

porque la piscina se estaba llenando bastante
เพราะสระว่ายน้ำค่อนข้างแออัด

Otros pájaros y animales habían caído en el estanque
นกและสัตว์อื่น ๆ ตกลงไปในสระ

había un pato y un dodo
มีเป็ดและโดโด

y había un pájaro lori y un aguilucho
และมีนกลอรี่และนกอินทรี

Y había varias otras criaturas de aspecto interesante
และมีสิ่งมีชีวิตที่ดูน่าสนใจอีกหลายตัว

Alicia abrió el camino para salir de la piscina
อลิซนำทางออกจากสระ

Y todo el grupo de animales nadó hasta la orilla
และสัตว์ทั้งกลุ่มก็ว่ายน้ำไปที่ชายฝั่ง

Una carrera de caucus y una larga cola

การแข่งขันคอคัสและหางยาว

De hecho, eran un grupo de animales de aspecto gracioso

พวกมันเป็นกลุ่มสัตว์ที่ดูตลกจริงๆ

Y todos se reunieron a la orilla del agua

และพวกเขาทั้งหมดก็รวมตัวกันที่ริมฝั่งน้ำ

Todos los pájaros tenían las plumas desaliñadas

นกทั้งหมดมีขนนกที่ลาก

y los animales peludos estaban empapados

และสัตว์ขนยาวก็เปียกโชก

y todos estaban empapados, molestos e incómodos

และทุกคนก็เปียก รำคาญ และอึดอัด

Había una pregunta que había que responder primero

มีคำถามหนึ่งที่ต้องตอบก่อน

¿Cuál es la mejor manera de que todos se sequen?

วิธีที่ดีที่สุดสำหรับทุกคนในการทำให้แห้งคืออะไร?

Tuvieron una consulta sobre este asunto
พวกเขาได้ปรึกษาหารือเกี่ยวกับเรื่องนี้

Pronto todos se sintieron en términos familiares
ในไม่ช้าพวกเขาก็คุ้นเคยกัน

Era como si los conociera de toda la vida
ราวกับว่าเธอรู้จักพวกเขามาตลอดชีวิต

El ratón parecía ser una persona de cierta autoridad
หนูดูเหมือนจะเป็นคนที่มีอำนาจบางอย่าง

"¡Siéntense todos y escúchenme!
"นั่งลง พวกคุณทุกคน และฟังฉัน!

"¡Pronto los volveré a secar!"
"อีกไม่นานฉันจะทำให้พวกคุณแห้งอีกครั้ง!"

Se sentaron todos a la vez, en un gran círculo
พวกเขาทั้งหมดนั่งลงพร้อมกันในวงแหวนขนาดใหญ่

y el ratoncito se sentó en el medio
และหนูน้อยนั่งอยู่ตรงกลาง

—¡Ejem! —dijo el ratón con aire importante—
"อึม!" หนูพูดด้วยอากาศที่สำคัญ

"¿Están todos listos?"
"พวกคุณพร้อมหรือยัง?"

"Esto es lo más seco que conozco"
"นี่คือสิ่งที่แห้งที่สุดที่ฉันรู้"

—¡Silencio por todas partes, por favor!
"เงียบไปรอบ ๆ ถ้าคุณต้องการ!"

"Guillermo el Conquistador fue favorecido por el Papa"
"วิลเลียมผู้พิชิตเป็นที่โปรดปรานของสมเด็จพระสันตะปาปา"

"pero pronto fue sometido por los ingleses"

"แต่ในไม่ช้าเขาก็ถูกอังกฤษยอมจำนน"

"Últimamente querían líderes"

"พวกเขาต้องการผู้นำในช่วงหลัง"

"Y se habían acostumbrado al poder y a la conquista"

"และพวกเขาคุ้นเคยกับอำนาจและการพิชิต"

"Edwin y Morcar, los condes de Mercia y Northumbria"

"เอ็ดวินและมอร์คาร์ เอิร์ลแห่งเมอร์เซียและนอร์ธัมเบรีย"

—¡Uf! —exclamó el pájaro lori con un escalofrío—

"อึม!" นกลอรีพูดด้วยตัวสั่น

"e incluso Stigand, el patriota arzobispo de Canterbury"

"และแม้แต่ Stigand อาร์คบิชอปผู้รักชาติแห่งแคนเทอร์เบอรี"

"A él también le pareció aconsejable"

"เขายังพบว่ามันเหมาะสม"

-¿Qué le pareció aconsejable? -dijo el pato-

"เขาคิดว่าแนะนำอะไร" เป็ดกล่าว

—Le pareció aconsejable —replicó el ratón con cierto enfado—

"เขาทบว่ามันแนะนำ" หนูตอบค่อนข้างขวาง

Pero el pato no estaba satisfecho

แต่เป็ดไม่พอใจ

"Por supuesto, ya sabes lo que significa"

"แน่นอน คุณรู้ว่า 'มัน' หมายถึงอะไร"

—Sé lo que es cuando encuentro una cosa —dijo el pato—

"ฉันรู้ว่า 'มัน' คืออะไรเมื่อฉันพบสิ่งใดสิ่งหนึ่ง" เป็ดกล่าว

"Generalmente es una rana o un gusano"

"โดยทั่วไปจะเป็นกบหรือหนอน"

"La pregunta es, ¿qué encontró el arzobispo?"

"คำถามคือ อาร์คบิชอปพบอะไร"

El ratón no se dio cuenta de esta pregunta

เมาส์ไม่ได้สังเกตเห็นคำถามนี้

En cambio, el ratón continuó apresuradamente con el discurso

แต่หนูกลับรีบพูดต่อไป

"le pareció aconsejable ir con Edgar Atheling"

"เขาพบว่าควรไปกับ Edgar Atheling"

"para encontrarme con Guillermo y ofrecerle la corona"

"เพื่อพบกับวิลเลียมและถวายมงกุฎให้เขา"

el ratón continuó, volviéndose hacia Alicia mientras hablaba

หนูพูดต่อ หันไปหาอลิซขณะที่มันพูด

—¿Cómo te va ahora, querida?

"ตอนนี้คุณเป็นอย่างไรบ้างที่รัก"

—Tan mojado como siempre —dijo Alicia en tono melancólico—

"เปียกเหมือนเดิม" อลิซพูดด้วยน้ำเสียงเศร้าโศก

"Esta historia no parece que me seque en absoluto"

"เรื่องนี้ดูเหมือนจะไม่ทำให้ฉันแห้งเลย"

—En ese caso —dijo solemnemente el dodo, poniéndose en pie—

"ถ้าอย่างนั้น" โดโดพูดอย่างเคร่งขรึม ลุกขึ้นยืน

"Voto que se levante la sesión"

"ฉันโหวตให้เลื่อนการประชุม"

"y propongo la adopción inmediata de remedios más enérgicos"

"และฉันเสนอให้ใช้การเยียวยาที่กระฉับกระเฉงมากขึ้นทันที"

—¡Di palabras de verdad! —dijo el aguilucho—

"พูดคำพูดจริง!" นกอินทรีกล่าว

"No conozco el significado de la mitad de esas palabras largas"

"ฉันไม่รู้ความหมายของคำยาวๆ ครึ่งหนึ่ง"

—¡Y, lo que es más, tampoco creo que tú lo sepas!

"และยิ่งไปกว่านั้น ฉันไม่เชื่อว่าคุณรู้เช่นกัน!"

—Lo que iba a decir —dijo el dodo en tono ofendido—

"สิ่งที่ฉันกำลังจะพูด" โดโดพูดด้วยน้ำเสียงขุ่นเคือง

"Lo mejor para deshacernos sería una contienda electoral"

"สิ่งที่ดีที่สุดที่จะทำให้เราแห้งคือการแข่งขันคอคัส"

—¿Qué es una contienda electoral? —preguntó Alicia

"การแข่งขันคอคัสคืออะไร" อลิซกล่าว

—Bueno —dijo el dodo—, la mejor manera de explicarlo es hacerlo.

"อืม" โดโดกล่าว "วิธีที่ดีที่สุดในการอธิบายคือทำ"

"Primero el dodo trazó un hipódromo"

"โดโด้แรกทำเครื่องหมายสนามแข่ง"

"La pista estaba en una especie de círculo"

"แทร็กอยู่ในวงกลม"

"Y luego todo el grupo se colocó a lo largo del recorrido"
"จากนั้นปาร์ตี้ทั้งหมดก็ถูกวางไว้ตามเส้นทาง"

No hubo "¡Uno, dos, tres y fuera!"
ไม่มี "หนึ่ง สอง สาม และออกไป!"

pero empezaron a correr cuando quisieron
แต่พวกเขาเริ่มวิ่งเมื่อพวกเขาชอบ

Y también terminaban cuando querían
และพวกเขาก็จบเมื่อพวกเขาชอบ

Así que no era fácil saber cuándo había terminado la carrera
ดังนั้นจึงไม่ง่ายเลยที่จะรู้ว่าการแข่งขันจบลงเมื่อใด

Después de media hora más o menos de correr, todos
estaban bastante secos
หลังจากวิ่งไปครึ่งชั่วโมงหรือมากกว่านั้น พวกมันก็ค่อนข้างแห้ง

el dodo gritó de repente: "¡La carrera ha terminado!"
จู่ๆ โดโดก็ตะโกนว่า "การแข่งขันจบลงแล้ว!"

Y todos se agolparon alrededor del dodo
และพวกเขาทั้งหมดก็เบียดเสียดกันรอบ ๆ โดโด

Todos los animales jadeaban y resoplaban
สัตว์ทุกตัวหอบและพองตัว

y todos querían saber: "¿Pero quién ha ganado?"
และพวกเขาทุกคนอยากรู้ว่า "แต่ใครชนะ?"

El dodo no pudo responder de inmediato a esta pregunta
คำถามนี้โดโดไม่สามารถตอบได้ทันที

Primero tuvo que pensar mucho
ก่อนอื่นเขาต้องคิดมาก

Después de pensarlo mucho, el Dodo finalmente habló
หลังจากคิดมานาน โดโดก็พูดในที่สุด

"Todos han ganado y todos deben tener premios"
"ทุกคนชนะ และทุกคนต้องมีรางวัล"
"¿Pero quién va a dar los premios?", preguntó un coro de voces
"แต่ใครจะมอบรางวัล" เสียงร้องประสานเสียงถาม
—Bueno, ella, por supuesto —dijo el dodo—
"แน่นอนว่าเธอ" โดโดกล่าว
y el dodo señaló con un dedo a Alicia
และโดโดชี้ไปที่อลิซด้วยนิ้วเดียว
y todo el grupo de animales se agolpó a su alrededor
และสัตว์ทั้งกลุ่มก็เบียดเสียดกันรอบตัวเธอ
gritaron, de manera confusa: "¡Premios! ¡Premios!"
พวกเขาตะโกนอย่างสับสนว่า "รางวัล! รางวัล!"
Alicia no tenía ni idea de qué hacer
อลิซไม่รู้ว่าจะทำอย่างไร
Desesperada, se metió la mano en el bolsillo
ด้วยความสิ้นหวังเธอเอามือเข้าไปในกระเป๋าเสื้อ
Y sacó una caja de dulces
และเธอก็หยิบกล่องขนมออกมา
Por suerte, el agua salada no había entrado en la caja
โชคดีที่น้ำเกลือไม่เข้าไปในกล่อง
Y repartió los dulces como premios
และเธอก็ยื่นขนมให้เป็นรางวัล
Había exactamente una pieza para todos
มีชิ้นเดียวสำหรับทุกคน
Lo siguiente que tenían que hacer era comer los dulces
สิ่งต่อไปที่พวกเขาต้องทำคือกินขนมหวาน
Esto causó algo de ruido y confusión

สิ่งนี้ทำให้เกิดเสียงรบกวนและความสับสน

Los grandes pájaros se quejaban de que no podían saborear sus dulces

นกตัวใหญ่บ่นว่าพวกเขาไม่สามารถลิ้มรสขนมของพวกมันได้

Los pequeños se ahogaron y hubo que darles palmaditas en la espalda

ตัวเล็ก ๆ สำลักและต้องตบหลัง

Sin embargo, al fin se acabó

อย่างไรก็ตาม ในที่สุดมันก็จบลง

y se sentaron de nuevo en un anillo

และพวกเขาก็นั่งลงอีกครั้งในวงแหวน

Y le rogaron al ratón que les dijera algo más

และพวกเขาขอร้องให้หนูบอกอะไรอีก

—Prometiste contarme tu historia, ¿sabes? —dijo Alicia—

"คุณสัญญาว่าจะบอกประวัติของคุณให้ฉันฟัง คุณรู้ไหม" อลิซกล่าว

E hizo otro pequeño comentario sobre los gatos en un susurro

และเธอก็พูดเล็กๆ น้อยๆ เกี่ยวกับแมวด้วยเสียงกระซิบ

No quería volver a ofender al ratón

เธอไม่ต้องการทำให้หนูขุ่นเคืองอีก

el ratoncito se volvió hacia Alicia y suspiró

หนูน้อยหันไปหาอลิซและถอนหายใจ

—¡La mía es una larga y triste historia!

"ของฉันเป็นเรื่องราวที่ยาวและน่าเศร้า!"

—Es una cola larga, sin duda —dijo Alicia—

"มันเป็นหางยาวแน่นอน" อลิซกล่าว

Y miró con asombro la cola del ratón

และเธอมองลงมาด้วยความประหลาดใจที่หางหนู

—¿Pero por qué le llamas cola triste?

"แต่ทำไมคุณถึงเรียกมันว่าหางเศร้า"

Y ella seguía desconcertada al respecto mientras el ratón hablaba

และเธอก็งงงวยเกี่ยวกับเรื่องนี้ในขณะที่หนูกำลังพูด

de modo que su idea del cuento era más o menos así

ดังนั้นความคิดของเธอเกี่ยวกับนิทานจึงเป็นแบบนี้

"Fury said to
a mouse, That
he met in the
house, 'Let
us both go
to law: *I*
will prosecute
you.—
Come, I'll
take no denial:
We must have
the trial;
For really
this morning
I've
nothing
to do.'
Said the
mouse to
the cur,
'Such a
trial, dear
sir, With
no jury
or judge,
would
be wasting
our
breath.'
'I'll be
judge,
I'll be
jury,'
said
cunning
old
Fury;
'I'll
try
the
whole
cause,
and
condemn
you to
death.'"

Furia le dijo a un ratón: "Que se encontró en la casa"

Fury พูดกับหนูว่า เขาพบในบ้าน"

Vayamos los dos a la ley: yo te procesaré

ให้เราทั้งคู่ไปตามกฎหมาย: ฉันจะดำเนินคดีกับคุณ

Vamos, no aceptaré ninguna negación: debemos tener el juicio

มาเถอะ ฉันจะไม่ปฏิเสธ: เราต้องมีการพิจารณาคดี

Porque realmente esta mañana no tengo nada que hacer

สำหรับจริงๆ เช้านี้ฉันไม่มีอะไรทำ

Dijo el ratón al cur;

หนูพูดกับคนร้าย

Un juicio así, querido señor, sin jurado ni juez, sería una pérdida de aliento

การพิจารณาคดีเช่นนี้ ไม่มีคณะลูกขุนหรือผู้พิพากษา

จะทำให้เราเสียลมหายใจ

—Seré juez, seré jurado —dijo el astuto viejo Fury—

"ฉันจะเป็นผู้พิพากษา ฉันจะเป็นคณะลูกขุน" Fury

ผู้เฒ่าเจ้าเล่ห์กล่าว

Juzgaré toda la causa y te condenaré a muerte

ฉันจะพยายามทั้งหมดและตัดสินคุณให้ตาย

el ratón le habló severamente a Alicia

หนูพูดกับอลิซอย่างรุนแรง

"¡No estás prestando atención!"

"คุณไม่สนใจ!"

—¿En qué estás pensando?

"คุณกำลังคิดอะไรอยู่"

—Le ruego que me perdone —dijo Alicia muy

humildemente—
"ฉันขอโทษคุณ" อลิซพูดอย่างอ่อนน้อมถ่อมตน

– ¿Habías llegado a la quinta curva, creo?
"ฉันคิดว่าคุณไปถึงโค้งที่ห้าแล้วเหรอ?"

"¡Me insultas diciendo tales tonterías!"
"คุณดูถูกฉันด้วยการพูดเรื่องไร้สาระเช่นนี้!"

Y el ratón se levantó y se alejó
และหนูก็ลุกขึ้นและเดินจากไป

Alicia llamó al ratoncito
อลิซเรียกตามหนูน้อย

"¡Por favor, regresa y termina tu historia!"
"โปรดกลับมาและจบเรื่องราวของคุณ!"

Y todos los demás se unieron a coro
และคนอื่นๆ ก็เข้าร่วมเป็นนักร้องประสานเสียง

"¡Sí, por favor, termine su historia!"
"ใช่ โปรดจบเรื่องราวของคุณ!"

Pero el ratón se limitó a negar con la cabeza con impaciencia
แต่หนูส่ายหัวอย่างไม่อดทน

Y el ratoncito caminó un poco más rápido
และหนูน้อยก็เดินเร็วขึ้นเล็กน้อย

—¡Ojalá tuviera aquí a Dinah, nuestra gata! —dijo Alicia—
"ฉันหวังว่าฉันจะมีไดนาห์แมวของเราที่นี่!" อลิซกล่าว

Esto causó una notable sensación entre el grupo
สิ่งนี้ทำให้เกิดความรู้สึกที่น่าทึ่งในหมู่พรรค

Algunos de los pájaros se apresuraron a huir de inmediato
นกบางตัวรีบออกไปทันที

y un canario gritó con voz temblorosa a sus hijos;
และนกขมิ้นก็ร้องด้วยเสียงสั่นสะเทือนกับลูก ๆ ของมัน

—¡Váyanse, queridos míos!

"ออกไปเถอะที่รัก!"

"¡Ya es hora de que estén todos en la cama!"

"ถึงเวลาแล้วที่คุณจะอยู่บนเตียง!"

Con varias excusas se fueron todos

ด้วยข้อแก้ตัวต่างๆ พวกเขาทั้งหมดก็หายไป

y Alicia no tardó en quedarse sola

และในไม่ช้าอลิซก็ถูกทิ้งไว้ตามลำพัง

—¡Ojalá no hubiera mencionado a Dinah!

"ฉันหวังว่าฉันจะไม่พูดถึงไดนาห์!"

"Parece que a nadie le gusta aquí abajo"

"ดูเหมือนจะไม่มีใครชอบเธอที่นี่"

—¡Pero estoy seguro de que es la mejor gata del mundo!

"แต่ฉันแน่ใจว่าเธอเป็นแมวที่ดีที่สุดในโลก!"

La pobre Alicia se echó a llorar de nuevo

อลิซผู้น่าสงสารเริ่มร้องไห้อีกครั้ง

porque se sentía muy sola y desanimada

เพราะเธอรู้สึกเหงาและต่ำต้อยมาก

Al cabo de un rato, sin embargo, volvió a oír algo

อย่างไรก็ตาม ไม่นานเธอก็ได้ยินบางอย่างอีกครั้ง

un pequeño golpeteo de pasos a lo lejos

เสียงฝีเท้าเล็กๆ น้อยๆ ในระยะไกล

Y ella miró hacia arriba ansiosamente

และเธอเงยหน้าขึ้นอย่างกระตือรือร้น

El conejo manda al pequeño Sr. Bill
กระต่ายส่งนายบิลตัวน้อยเข้ามา

Era el conejo blanco, que volvía trotando lentamente

มันเป็นกระต่ายขาววิ่งเหยาะๆ กลับมาอย่างช้าๆ อีกครั้ง

Miraba a su alrededor ansiosamente mientras se alejaba

เขามองไปรอบ ๆ ด้วยความกังวลขณะที่เขาไป

Parecía como si hubiera perdido algo

เขาดูราวกับว่าเขาสูญเสียบางสิ่งบางอย่าง

Alicia le oyó murmurar para sí misma

อลิซได้ยินเขาพึมพำกับตัวเอง

—¡La duquesa! ¡La duquesa! ¡Oh, mis queridas patas!

"ดัชเชส! ดัชเชส! โอ้ อุ้งเท้าที่รักของฉัน!"

—¡Oh, mi pelo y mis bigotes!

"โอ้ ขนและหนวดของฉัน!"

"Ella hará que me ejecuten, estoy seguro de eso"

"เธอจะประหารชีวิตฉัน ฉันแน่ใจในเรื่องนั้น"

—¡Tan cierto como que los hurones son hurones!
"แน่ใจพอๆ กับคุ้ยเขี่ยเป็นคุ้ยเขี่ย!"

"¿Dónde puedo haber dejado mis cosas, me pregunto?"
"ฉันจะทิ้งสิ่งของของฉันได้ที่ไหน ฉันสงสัย"

Alicia adivinó en un momento lo que estaba buscando
อลิซเดาได้ในชั่วขณะที่เขากำลังมองหาอะไร

Buscaba el abanico de plumas
เขากำลังมองหาพัดขนนก

Y buscaba el par de guantes blancos
และเขากำลังมองหาถุงมือสีขาวคู่หนึ่ง

Así que ella, muy bondadosamente, comenzó a buscar los guantes
ดังนั้นเธอจึงเริ่มมองหาถุงมืออย่างใจดี

Y también buscó el abanico de plumas
และเธอก็มองหาพัดขนนกด้วย

Pero los guantes y el abanico de plumas no se veían por ninguna parte
แต่ถุงมือและพัดขนนกก็ไม่มีใครเห็น

Todo parecía haber cambiado desde que se bañó en la piscina
ทุกอย่างดูเหมือนจะเปลี่ยนไปตั้งแต่เธอว่ายน้ำในสระ

Nada era igual desde que estaba en el Gran Salón
ไม่มีอะไรเหมือนเดิมตั้งแต่เธออยู่ในห้องโถงใหญ่

y la mesa de cristal había desaparecido
และโต๊ะกระจกก็หายไป

Y la puertecita tampoco estaba allí
และประตูเล็ก ๆ ก็ไม่มีเช่นกัน

Muy pronto el conejo se fijó en Alicia
ในไม่ช้ากระต่ายก็สังเกตเห็นอลิซ

—la llamó en tono airado
เขาเรียกเธอด้วยน้ำเสียงโกรธ

—Mary Ann, ¿qué haces aquí?
"แมรี่ แอน คุณทำอะไรอยู่ที่นี่"

"Corre a casa en este momento"
"วิ่งกลับบ้านในตอนนี้"

—¡Y tráeme un par de guantes y un abanico de plumas!
"และเอาถุงมือและพัดขนนกมาให้ฉัน!"

—¡Y date prisa!
"และรีบไป!"

Alicia se habló a sí misma mientras salía corriendo
อลิซพูดกับตัวเองขณะที่เธอวิ่งหนีไป

—¡Debe de haberme confundido con su criada!
"เขาคงเข้าใจผิดว่าฉันเป็นแม่บ้านของเขา!"

"¡Qué sorpresa se quedará cuando se entere de quién soy!"
"เขาจะประหลาดใจแค่ไหนเมื่อเขารู้ว่าฉันเป็นใคร!"

Al decir esto, se encontró con una casita pulcra
ขณะที่เธอพูดเช่นนี้ เธอก็เจอบ้านหลังเล็ก ๆ ที่เรียบร้อย

En la puerta de la casa había una placa de bronce brillante
ที่ประตูบ้านมีแผ่นทองเหลืองสดใส

"W. CONEJO"
"ดับเบิลยู. แรบบิท"

Entró sin llamar a la puerta
เธอเข้าไปโดยไม่เคาะประตู

Y se apresuró a subir las escaleras
และเธอก็รีบตรงขึ้นไปชั้นบน

le preocupaba conocer a la verdadera Mary Ann
เธอกังวลว่าเธออาจจะได้พบกับแมรี่แอนตัวจริง

porque entonces la echarían de la casa

เพราะตอนนั้นเธอจะถูกไล่ออกจากบ้าน

Y no sería capaz de encontrar el abanico de plumas y los guantes

และเธอจะไม่สามารถหาพัดขนนกและถุงมือได้

Alicia había encontrado el camino hacia una pequeña habitación ordenada

อลิซหาทางเข้าไปในห้องเล็ก ๆ ที่เป็นระเบียบเรียบร้อย

En la habitación había una mesa junto a la ventana

ในห้องมีโต๊ะข้างหน้าต่าง

y sobre la mesa había un abanico de plumas

และบนโต๊ะมีพัดขนนก

Y había dos o tres pares de diminutos guantes blancos

และมีถุงมือสีขาวเล็ก ๆ สองหรือสามคู่

Cogió el abanico de plumas y un par de guantes

เธอหยิบพัดขนนกและถุงมือขึ้นมา

Y estaba a punto de salir de la habitación

และเธอกำลังจะออกจากห้อง

Pero entonces sus ojos se posaron en una botellita

แต่แล้วสายตาของเธอก็ตกลงไปที่ขวดเล็ก ๆ

Descorchó la botella y se la llevó a los labios

เธอเปิดจุกขวดแล้ววางไว้ที่ริมฝีปากของเธอ

"Espero que me haga crecer de nuevo"

"ฉันหวังว่ามันจะทำให้ฉันโตขึ้นอีกครั้ง"

"¡Estoy cansada de ser una cosita tan pequeña!"

"ฉันเหนื่อยกับการเป็นสิ่งเล็ก ๆ น้อย ๆ เช่นนี้!"

Alicia apenas se había bebido la mitad de la botella

อลิซแทบจะไม่ได้ดื่มครึ่งขวด

Su cabeza ya estaba presionada contra el techo

ศีรษะของเธอกดกับเพดานแล้ว

Y tuvo que agacharse

และเธอต้องก้มลง

para salvar su cuello de ser roto

เพื่อช่วยคอของเธอไม่ให้หัก

Dejó apresuradamente la botella

เธอรีบวางขวดลง

"Con eso basta"

"แค่นั้นก็พอแล้ว"

"Espero no crecer más"

"ฉันหวังว่าฉันจะไม่เติบโตอีกต่อไป"

¡Ay! ¡Era demasiado tarde para desearlo!

อนิจจา! มันสายเกินไปที่จะปรารถนาอย่างนั้น!

Ella siguió creciendo y creciendo

เธอเติบโตและเติบโตต่อไป

y muy pronto tuvo que arrodillarse en el suelo

และในไม่ช้าเธอก็ต้องคุกเข่าลงบนพื้น

Y aun así siguió creciendo

และถึงกระนั้นเธอก็เติบโตต่อไป

Como último recurso, sacó un brazo por la ventana

เธอยื่นแขนข้างหนึ่งออกไปนอกหน้าต่างเพื่อเป็นทรัพยากรสุดท้าย

Y metió un pie por la chimenea

และเธอก็เอาเท้าข้างหนึ่งขึ้นไปบนปล่องไฟ

"Ahora no puedo hacer más, pase lo que pase"

"ตอนนี้ฉันทำอะไรไม่ได้แล้ว ไม่ว่าจะเกิดอะไรขึ้น"

—¿Qué será de mí?

"จะเกิดอะไรขึ้นกับฉัน?"

Alicia tuvo un poco de suerte
อลิซมีจุดแห่งโชค

La pequeña botella mágica había tenido todo su efecto
ขวดวิเศษเล็ก ๆ มีผลเต็มที่

y Alicia no creció más de lo que era
และอลิซก็ไม่โตกว่าเธอ

Al cabo de unos minutos oyó una voz en el exterior
หลังจากนั้นไม่กี่นาทีเธอก็ได้ยินเสียงข้างนอก

Y se detuvo a escuchar la voz
และเธอหยุดฟังเสียงนั้น

—¡María Ana! ¡Mary Ann! -dijo la voz-
"แมรี่ แอนน์! แมรี่ แอน!" เสียงนั้นกล่าว

"¡Tráeme mis guantes en este momento!"
"เอาถุงมือมาให้ฉันในตอนนี้!"

Luego se oyó un pequeño golpeteo de pies en la escalera

จากนั้นก็มีเสียงเท้ากระทบเล็กน้อยบนบันได

Alicia supo que era el conejo que venía a buscarla

อลิซรู้ว่าเป็นกระต่ายที่มาหาเธอ

Y tembló hasta hacer temblar la casa

และเธอตัวสั่นจนเขย่าบ้าน

Se olvidó por completo de sus proporciones

เธอลืมไปแล้วว่าสัดส่วนของเธอคืออะไร

Era mil veces más grande que el conejo

เธอใหญ่กว่ากระต่ายพันเท่า

Y no tenía por qué temer a un conejo

และเธอไม่มีเหตุผลที่จะกลัวกระต่าย

De pronto, el conejo se acercó a la puerta

ในไม่ช้ากระต่ายก็มาที่ประตู

Y el conejito trató de abrir la puerta

และกระต่ายน้อยพยายามเปิดประตู

La puerta comenzó a abrirse hacia adentro

ประตูเริ่มเปิดเข้าด้านใน

pero el codo de Alicia estaba apretado con fuerza contra la puerta

แต่ข้อศอกของอลิซถูกกดอย่างแรงกับประตู

Ese intento resultó un fracaso

ความพยายามนั้นพิสูจน์แล้วว่าล้มเหลว

Alicia oyó que el conejo se hablaba a sí mismo

อลิซได้ยินกระต่ายพูดกับตัวเอง

"Entonces daré la vuelta y entraré por la ventana"

"ถ้าอย่างนั้นฉันจะไปรอบ ๆ และเข้าไปทางหน้าต่าง"

«¡Que no lo harás!», pensó Alicia

"ที่คุณจะไม่!" อลิซคิด

Y volvió a esperar un poco

และเธอรออีกเล็กน้อย

Pronto oyó al conejo justo debajo de la ventana

ในไม่ช้าเธอก็ได้ยินเสียงกระต่ายใต้หน้าต่าง

De repente extendió la mano

ทันใดนั้นเธอก็กางมือออก

Y ella hizo un arrebato en el aire

และเธอก็ฉกฉวยในอากาศ

No se apoderó de nada

เธอไม่ได้ครอบครองอะไรเลย

Pero oyó un pequeño alarido y una caída

แต่เธอได้ยินเสียงกรีดร้องเล็กน้อยและล้มลง

Y oyó el estrépito de cristales rotos

และเธอได้ยินเสียงกระจกแตก

Tal vez el conejo se había caído

บางทีกระต่ายอาจจะล้มลง

Tal vez estaba en un invernadero

บางทีเขาอาจอยู่ในเรือนกระจก

Luego se oyó una voz airada; La voz del conejo

ถัดมามีเสียงโกรธ เสียงกระต่าย

"Pat, ¿dónde estás?"

"แพท คุณอยู่ที่ไหน"

Y entonces llegó una voz que nunca antes había oído

แล้วเสียงที่เธอไม่เคยได้ยินมาก่อนก็ดังขึ้น

"¡Su señoría, estoy aquí!"

"ท่านผู้มีเกียรติ ฉันอยู่ที่นี่!"

"Estoy cavando en busca de manzanas"

"ฉันกำลังขุดแอปเปิ้ล"

"¡Aquí! ¡Ven y ayúdame a salir de esto!"
"นี่! มาช่วยฉันจากเรื่องนี้!"

—Ahora dime, Pat, ¿qué es eso que hay en la ventana?
"ตอนนี้บอกฉันหน่อย แพท มันมีอะไรอยู่ในหน้าต่าง"

"Claro, su señoría, se lo diré"
"แน่นอน ท่านผู้มีเกียรติ ฉันจะบอกคุณ"

"¡Es un brazo que está en la ventana!"
"มันเป็นแขนที่อยู่ในหน้าต่าง!"

"Bueno, un brazo no tiene nada que hacer allí"
"อืม แขนไม่มีธุระที่นั่น"

"¡Ve y quítate el brazo!"
"ไปเอาแขนออกไป!"

Hubo un largo silencio después de esto
หลังจากนั้นก็เงียบไปนาน

y Alicia sólo podía oír susurros de vez en cuando
และอลิซได้ยินเสียงกระซิบเป็นครั้งคราว

Y, por fin, volvió a extender la mano
และในที่สุดเธอก็กางมือออกอีกครั้ง

Y ella hizo otro arrebato en el aire
และเธอก็ฉกอีกครั้งในอากาศ

Esta vez hubo dos pequeños chillidos
คราวนี้มีเสียงกรีดร้องเล็กๆ สองครั้ง

y se escucharon más sonidos de vidrios rotos
และมีเสียงกระจกแตกมากขึ้น

«¡Me pregunto qué harán ahora!», pensó Alicia
"ฉันสงสัยว่าพวกเขาจะทำอะไรต่อไป!" อลิซคิด

"Ojalá me sacaran por la ventana"
"ฉันหวังว่าพวกเขาจะดึงฉันออกจากหน้าต่าง"

Esperó un buen rato
เธอรอสักครู่

Pero durante un rato no oyó nada más
แต่ชั่วขณะหนึ่งเธอไม่ได้ยินอะไรอีก

Por fin se oyó el estruendo de unas ruedas
ในที่สุดก็มีเสียงล้อเล็ก ๆ ดังก้อง

Y se oyó el sonido de muchas voces
และเสียงของเสียงมากมายก็ดังขึ้น

Todas las voces hablaban al unísono
เสียงทั้งหมดกำลังพูดคุยกัน

Pudo distinguir algunas de las palabras
เธอสามารถเข้าใจคำพูดบางคำได้

—¿Dónde está la otra escalera?
"บันไดอีกข้างอยู่ที่ไหน"

"Bill tiene la otra escalera"
"บิลมีบันไดอื่น"

"¡Bill, ven aquí!"
"บิล มาที่นี่!"

—¿Soportará el techo la carga?
"หลังคาจะรับน้ำหนักได้หรือไม่"

—¿Quién quiere bajar por la chimenea?
"ใครอยากลงไปในปล่องไฟ"

—¡No, no lo haré! ¡Tú lo haces!"
"ไม่ ฉันจะไม่! คุณทำมัน!"

—¡Aquí, Bill!
"นี่ บิล!"

"¡El maestro dice que tienes que bajar por la chimenea!"
"อาจารย์บอกว่าคุณต้องลงไปในปล่องไฟ!"

Alicia arrastró el pie por la chimenea todo lo que pudo
อลิซดึงเท้าของเธอลงไปตามปล่องไฟให้ไกลที่สุดเท่าที่จะทำได้

Y luego esperó a ver lo que venía
จากนั้นเธอก็รอดูว่าจะเกิดอะไรขึ้น

Escuchó a un animalito arañar y revolver
เธอได้ยินเสียงสัตว์ตัวน้อยเกาและแย่งชิง

El animalito debe estar en la chimenea
สัตว์ตัวน้อยต้องอยู่ในปล่องไฟ

Luego dio una fuerte patada
จากนั้นเธอก็เตะอย่างแรง

Y esperó a ver qué pasaría después
และเธอรอดูว่าจะเกิดอะไรขึ้นต่อไป

Oyó un coro general de voces
เธอได้ยินเสียงประสานเสียงทั่วไป

"¡Ahí va Bill!", dijeron todos
"บิลไปแล้ว!" พวกเขาทั้งหมดพูด

Entonces oyó solo la voz del conejo
จากนั้นเธอก็ได้ยินเสียงกระต่ายเพียงลำพัง

"¡Tú por el seto, atrápalo!"
"คุณข้างพุ่มไม้ จับเขา!"

Hubo otro momento de silencio
มีความเงียบสงบอีกครั้ง

Y entonces hubo otra confusión de voces
แล้วก็เกิดความสับสนของเสียงอีกครั้ง

"Levanta la cabeza, Brandy"
"ยกศีรษะขึ้นเถอะ บรั่นดี"

"Ten cuidado de no asfixiarlo"
"ระวังอย่าสำลักเขา"

—¿Qué te pasó?

"เกิดอะไรขึ้นกับคุณ?"

Por último, llegó una vocecita débil y chillona

สุดท้ายมีเสียงอ่อนแอและแผ่แหลมเล็กน้อย

"Bueno, ya casi no sé"

"ฉันแทบไม่รู้อีกแล้ว"

"Gracias a todos, ahora estoy mejor"

"ขอบคุณทุกคน ตอนนี้ฉันดีขึ้นแล้ว"

"Hay una cosa que puedo recordar"

"มีสิ่งหนึ่งที่ฉันจำได้"

"Algo viene hacia mí como un tren en un túnel"

"มีบางอย่างเข้ามาหาฉันเหมือนรถไฟในอุโมงค์"

"¡Y vuelo hacia arriba como un cohete!"

"และฉันบินขึ้นเหมือนขวัญลอยฟ้า!"

Hubo uno o dos minutos de silencio

มีความเงียบสงบหนึ่งหรือสองนาที

Y entonces empezaron a moverse de nuevo

แล้วพวกเขาก็เริ่มเคลื่อนไหวอีกครั้ง

y Alicia oyó hablar de nuevo al Conejo

และอลิซได้ยินกระต่ายพูดอีกครั้ง

"Un túmulo servirá, para empezar"

"คนที่มีน้ำหนักมากจะทำ ตั้งแต่แรก"

«¿Un túmulo lleno de qué?», pensó Alicia

"รถเข็นเต็มไปด้วยอะไร?" อลิซคิด

Pero no la mantuvieron en suspenso por mucho tiempo

แต่เธอไม่ได้ถูกเก็บไว้ในความสงสัยนาน

Una lluvia de guijarros entró por la ventana

ฝนก้อนกรวดเล็ก ๆ ไหลผ่านหน้าต่าง

Y algunas de las piedrecitas le golpearon en la cara
และก้อนกรวดเล็ก ๆ บางส่วนก็โดนหน้าเธอ

Alicia se sorprendió por los guijarros
อลิซประหลาดใจกับก้อนกรวดเล็กๆ

Todos los guijarros se estaban convirtiendo en pasteles
ก้อนกรวดเล็ก ๆ ทั้งหมดกลายเป็นเค้ก

Y una idea brillante se le ocurrió
และความคิดที่สดใสก็เข้ามาในหัวของเธอ

"Debería comerme uno de estos pasteles"
"ฉันควรกินเค้กเหล่านี้สักชิ้น"

"El pastel seguramente hará algún cambio en mi tamaño"
"เค้กแน่ใจว่าจะเปลี่ยนขนาดของฉัน"

Así que se tragó uno de los pasteles
เธอจึงกลืนเค้กชิ้นหนึ่ง

Y se alegró al descubrir que empezaba a encogerse
และเธอดีใจที่พบว่าเธอเริ่มหดตัว

Pronto fue lo suficientemente pequeña como para pasar por la puerta
ในไม่ช้าเธอก็ตัวเล็กพอที่จะผ่านประตูได้

Salió corriendo de la casa
เธอวิ่งออกจากบ้าน

Una multitud de animalitos y pájaros esperaban afuera
ฝูงสัตว์และนกตัวเล็ก ๆ รออยู่ข้างนอก

todos los pajaritos y animales se abalanzaron sobre Alicia
นกและสัตว์ตัวเล็ก ๆ ทั้งหมดพุ่งเข้าหาอลิซ

Pero ella huyó lo más rápido que pudo
แต่เธอวิ่งหนีไปให้เร็วที่สุดเท่าที่จะทำได้

Y pronto se encontró a salvo en un espeso bosque

และในไม่ช้าเธอก็พบว่าตัวเองปลอดภัยในป่าทึบ

Alicia vagaba por el bosque
อลิซเดินไปมาในป่า

Y pensó para sí misma:
และเธอคิดในใจ:

"Sé lo que tengo que hacer primero"
"ฉันรู้ว่าฉันต้องทำอะไรก่อน"

"Primero tengo que volver a crecer hasta el tamaño adecuado"
"ก่อนอื่นฉันต้องเติบโตให้มีขนาดที่เหมาะสมอีกครั้ง"

"Y luego tengo que encontrar mi camino hacia ese hermoso jardín"
"แล้วฉันก็ต้องหาทางเข้าไปในสวนที่น่ารักนั้น"

"Supongo que debería comer o beber una cosa u otra"
"ฉันคิดว่าฉันควรกินหรือดื่มอะไรหรืออย่างอื่น"

"Pero la pregunta es ¿qué debo comer o beber?"
"แต่คำถามคือฉันควรกินหรือดื่มอะไร"

Alicia miró a su alrededor las flores
อลิซมองไปรอบ ๆ เธอที่ดอกไม้

Y miró a través de las briznas de hierba
และเธอมองผ่านใบหญ้า

pero no podía ver nada de comer ni de beber
แต่เธอมองไม่เห็นอะไรให้กินหรือดื่ม

Nada parecía ser lo adecuado para comer o beber
ไม่มีอะไรดูเหมือนสิ่งที่ถูกต้องที่จะกินหรือดื่ม

Había un gran hongo creciendo cerca de ella
มีเห็ดขนาดใหญ่เติบโตอยู่ใกล้เธอ

el hongo tenía aproximadamente la misma altura que Alicia

เห็ดมีความสูงเท่ากับอลิซ

Se estiró de puntillas
เธอยืดตัวด้วยการเขย่งเท้า

Y se asomó por el borde del hongo
และเธอก็แอบมองไปที่ขอบเห็ด

Sus ojos se encontraron inmediatamente con los ojos de una gran oruga azul
ดวงตาของเธอสบตากับหนอนผีเสื้อสีน้ำเงินตัวใหญ่ทันที

La oruga estaba sentada en la parte superior del hongo
หนอนผีเสื้อนั่งอยู่บนยอดเห็ด

y la oruga se había cruzado de brazos
และหนอนผีเสื้อก็ไขว้แขนทั้งหมด

Y estaba fumando tranquilamente una larga cachimba
และเขากำลังสูบมอระกู่ยาวอย่างเงียบ ๆ

y no hizo la menor atención a nada
และเขาไม่ได้สังเกตเห็นอะไรเลยแม้แต่น้อย

y ciertamente no le prestó atención a Alicia
และเขาไม่ได้สนใจอลิซอย่างแน่นอน

Consejos de una oruga
คำแนะนำจากหนอนผีเสื้อ

Por fin, la oruga se quitó la pipa de la boca
ในที่สุดหนอนผีเสื้อก็เอามอระกู่ออกจากปากของมัน

y se dirigió a Alicia con voz lánguida y soñolienta
และเขาพูดกับอลิซด้วยน้ำเสียงที่อ่อนโยนและง่วงนอน

—¿Quién eres? —preguntó la oruga
"คุณเป็นใคร" หนอนผีเสื้อพูด

Alicia respondió, con cierta timidez: "No lo sé, señor"
อลิซตอบอย่างเขินอายว่า "ฉันแทบไม่รู้เลยครับท่าน"

"Justo en este momento está todo un poco..."
"แค่ตอนนี้มันก็นิดหน่อย..."

"Sé quién era cuando come levanté esta mañana"
"ฉันรู้ว่าฉันเป็นใครเมื่อฉันตื่นเช้านี้""

"pero creo que debo haber cambiado varias veces desde entonces"
"แต่ฉันคิดว่าฉันคงเปลี่ยนไปหลายครั้งตั้งแต่นั้นมา"

—¿Qué quieres decir con eso? —dijo la oruga—

"คุณหมายความว่าอย่างไร" หนอนผีเสื้อกล่าว

Con severidad, la oruga le pidió que se explicara

หนอนผีเสื้อขอให้เธออธิบายตัวเองอย่างเคร่งครัด

—Me temo que no puedo explicarme, señor —dijo Alicia—

"ฉันไม่สามารถอธิบายตัวเองได้ ฉันกลัวครับท่าน" อลิซกล่าว

"porque no soy yo mismo"

"เพราะฉันไม่ใช่ตัวของตัวเอง"

"Verás, tener tantos tamaños diferentes en un día es muy confuso"

"คุณเห็นไหม การมีหลายขนาดในหนึ่งวันนั้นสับสนมาก"

Se incorporó y dijo muy gravemente:

เธอลุกขึ้นและพูดอย่างจริงจัง:

"Creo que primero deberías decirme quién eres"

"ฉันคิดว่าคุณควรบอกฉันว่าคุณเป็นใครก่อน"

"¿Por qué?", dijo la oruga

"ทำไม?" หนอนผีเสื้อพูด

Alicia no se le ocurría ninguna buena razón

อลิซคิดเหตุผลไม่ดี

Y la oruga parecía estar en un estado de ánimo muy desagradable

และหนอนผีเสื้อดูเหมือนจะอยู่ในสภาพจิตใจที่ไม่พึงประสงค์มาก

Así que se dio la vuelta

เธอจึงหันหลังไป

"¡Vuelve!", la oruga la llamó

"กลับมา!" หนอนผีเสื้อเรียกตามเธอ

"¡Tengo algo importante que decir!"

"ฉันมีบางอย่างสำคัญที่จะพูด!"

Alicia se dio la vuelta y volvió otra vez

อลิซหันกลับมาอีกครั้ง

—Mantén la calma —dijo la oruga—

"รักษาอารมณ์ของคุณ" หนอนผีเสื้อกล่าว

-¿Eso es todo? -preguntó Alicia

"แค่นั้นเหรอ" อลิซกล่าว

Y se tragó su rabia lo mejor que pudo

และเธอกลืนความโกรธของเธอให้ดีที่สุดเท่าที่จะทำได้

—No —dijo la oruga—

"ไม่" หนอนผีเสื้อกล่าว

La oruga desplegó sus brazos

หนอนผีเสื้อกางแขนออก

Y volvió a sacarse la pipa de la boca

และเขาก็เอามอระกู่ออกจากปากอีกครั้ง

y él dijo: "Así que Ud. piensa que Ud. ha cambiado, ¿verdad?"

และเขาพูดว่า "คุณคิดว่าคุณเปลี่ยนไปแล้วใช่ไหม"

—Me temo, he cambiado, señor —dijo Alicia—

"ฉันกลัว ฉันเปลี่ยนไปแล้ว" อลิซกล่าว

"No puedo recordar las cosas como solía recordarlas"

"ฉันจำสิ่งต่าง ๆ ไม่ได้เหมือนที่เคยจำได้"

"¡Y no me quedo del mismo tamaño por más de diez minutos!"

"และฉันไม่ได้อยู่เท่าเดิมเกินสิบนาที!"

"¿Qué tamaño quieres tener?", preguntó la oruga

"คุณต้องการเป็นขนาดไหน" หนอนผีเสื้อถาม

—Oh, no me importa especialmente el tamaño que tenga —respondió Alicia apresuradamente—

"โอ้ ฉันไม่สนใจว่าฉันมีขนาดเท่าไร" อลิซรีบตอบ

"Simplemente no me gusta cambiar de tamaño tan a

menudo, ya sabes"

"ฉันแค่ไม่ชอบเปลี่ยนขนาดบ่อยนัก คุณรู้ไหม"

"Me gustaría ser un poco más grande, señor"

"ฉันอยากจะใหญ่ขึ้นอีกหน่อยครับท่าน"

—Si no te importa —añadió Alicia—

"ถ้าคุณไม่รังเกียจ" อลิซกล่าวเสริม

"Diez centímetros es una altura tan miserable para ser"

"สิบเซนติเมตรเป็นความสูงที่น่าสงสารมาก"

-¡Es una altura muy buena! -exclamó la oruga con rabia-

"มันเป็นความสูงที่ดีมากจริงๆ!" หนอนผีเสื้อพูดอย่างโกรธแค้น

Y se irguió mientras hablaba

และเขาก็ลุกขึ้นตัวตรงขณะที่เขาพูด

Medía exactamente diez centímetros de alto

เขาสูงสิบเซนติเมตรพอดี

En uno o dos minutos, la oruga bajó del hongo

ในหนึ่งหรือสองนาทีหนอนผีเสื้อก็ลงจากเห็ด

Y se arrastró por la hierba

และเขาก็คลานออกไปในพงหญ้า

Al alejarse, hizo algunas pequeñas observaciones

ขณะที่เขาจากไป เขาก็พูดเล็กๆ น้อยๆ

"Un lado te hará crecer más alto"

"ด้านหนึ่งจะทำให้คุณสูงขึ้น"

"Y el otro lado te hará acortar"

"และอีกด้านหนึ่งจะทำให้คุณเตี้ยลง"

«¿Un lado de qué?», pensó Alicia para sí misma

"ด้านใดด้านหนึ่ง?" อลิซคิดกับตัวเอง

—¿El otro lado de qué?

"อีกด้านหนึ่งของอะไร?"

—El costado del hongo —dijo la oruga—

"ด้านข้างของเห็ด" หนอนผีเสื้อกล่าว

Era como si hubiera hecho su pregunta en voz alta

ราวกับว่าเธอถามคำถามของเธอดัง ๆ

Y en otro momento, se perdió de vista

และในอีกชั่วขณะหนึ่งเขาก็หายไปจากสายตา

Alicia se quedó mirando pensativa el hongo

อลิซยังคงมองเห็ดอย่างครุ่นคิด

Estaba tratando de distinguir cuáles eran los dos lados del hongo

เธอพยายามหาว่าเห็ดทั้งสองด้านคืออะไร

Por fin, estiró los brazos alrededor de la seta

ในที่สุดเธอก็เหยียดแขนโอบเห็ด

Y rompió un poco los bordes

และเธอก็หักขอบเล็กน้อย

"Y ahora, ¿qué lado es cuál?", se dijo a sí misma

"แล้วตอนนี้ ฝั่งไหนเป็นฝ่ายไหน" เธอพูดกับตัวเอง

Y mordisqueó un poco de la parte de la mano derecha

และเธอแทะบิตขวาเล็กน้อย

Al momento siguiente sintió un violento golpe debajo de la barbilla

วินาทีถัดมาเธอรู้สึกถึงการกระแทกอย่างรุนแรงใต้คางของเธอ

¡Su barbilla había golpeado su pie!

คางของเธอกระแทกเท้าของเธอ!

Estaba bastante asustada por este cambio tan repentino

เธอรู้สึกหวาดกลัวมากกับการเปลี่ยนแปลงอย่างกะทันหันนี้

Se estaba encogiendo muy rápidamente

เธอหดตัวอย่างรวดเร็ว

Así que rápidamente se comió un poco del otro trozo de

champiñón

ดังนั้นเธอจึงรีบกินเห็ดอีกเล็กน้อย

Su barbilla estaba muy presionada contra su pie

คางของเธอถูกกดทับกับเท้าของเธออย่างใกล้ชิด

Apenas había espacio para abrir la boca

แทบไม่มีที่ว่างให้อ้าปาก

Pero al fin logró abrir la boca

แต่ในที่สุดเธอก็สามารถอ้าปากได้

Y tragó un bocado del pedazo de la mano izquierda

และเธอก็กลืนเศษของบิตซ้ายมือ

-¡Por fin me han liberado la cabeza! -exclamó Alicia-

"ในที่สุดหัวของฉันก็เป็นอิสระแล้ว!" อลิซกล่าว

Se miró a sí misma

เธอมองลงมาที่ตัวเอง

Pero todo lo que podía ver era una inmensa longitud de cuello

แต่สิ่งที่เธอเห็นคือคอยาวมหาศาล

Su cuello parecía elevarse como un tallo

คอของเธอดูเหมือนจะยกขึ้นเหมือนก้าน

Y miró hacia abajo sobre un mar de hojas verdes

และเธอมองลงไปเหนือทะเลใบไม้สีเขียว

—¿A dónde han llegado mis hombros?

"ไหล่ของฉันไปถึงไหนแล้ว"

"Y oh, mis pobres manos, ¿cómo es que no puedo verte?"

"และโอ้ มือที่น่าสงสารของฉัน ทำไมฉันมองไม่เห็นคุณ"

Pero su cuello tenía un beneficio

แต่คอของเธอมีประโยชน์อย่างหนึ่ง

Podía mover la cabeza en cualquier dirección

เธอสามารถขยับศีรษะไปในทิศทางใดก็ได้

De hecho, era como una serpiente

ในความเป็นจริงเธอก็เหมือนงู

Ella zigzagueó con gracia con la cabeza hacia abajo

เธอก้มศีรษะลงอย่างสง่างาม

Y movió la cabeza entre los árboles

และเธอขยับศีรษะของเธอผ่านต้นไม้

Pero entonces oyó un silbido agudo

แต่แล้วเธอก็ได้ยินเสียงฟู่ที่แหลมคม

Y rápidamente echó la cabeza hacia atrás

และเธอก็รีบดึงศีรษะของเธอกลับ

Una gran paloma había volado hacia su cara

นกพิราบตัวใหญ่บินเข้าที่ใบหน้าของเธอ

y la paloma se agitó violentamente con sus alas

และนกพิราบก็มีปีกของมันอย่างรุนแรง

-¡Serpiente! -exclamó la paloma-
"งู!" นกพิราบร้อง

-¡No soy una serpiente! -exclamó Alicia indignada-
"ฉันไม่ใช่งู!" อลิซพูดอย่างโกรธเคือง

"¡Déjame en paz!"
"ปล่อยให้ฉันอยู่คนเดียว!"

"He probado las raíces de los árboles"
"ฉันได้ลองรากของต้นไม้แล้ว"

—Y he probado setos —prosiguió la paloma—
"และฉันได้ลองพุ่มไม้แล้ว" นกพิราบพูดต่อ

—¡Pero esas serpientes! ¡No hay forma de complacerlos!"
"แต่งูเหล่านั้น! ไม่มีอะไรทำให้พวกเขาพอใจ!"

Alicia estaba cada vez más desconcertada
อลิซงงมากขึ้นเรื่อยๆ

-Como si ya fuera bastante trabajo incubar los huevos -dijo la paloma-
"ราวกับว่ามันไม่ลำบากพอที่จะฟักไข่" นกพิราบกล่าว

—¡De noche y de día también tengo que estar atento a las serpientes!
"ทั้งกลางวันและกลางคืนฉันต้องระวังงูด้วย!"

"Acababa de encontrar el árbol más alto del bosque"
"ฉันเพิ่งพบต้นไม้ที่สูงที่สุดในป่า"

—¿Estaría libre de serpientes aquí?
"แน่นอนว่าฉันจะเป็นอิสระจากงูที่นี่?"

"¡Y sale una serpiente del cielo!"
"และงูตัวหนึ่งออกมาจากท้องฟ้า!"

-¡Pero yo no soy una serpiente, te lo aseguro! -dijo Alicia-
"แต่ฉันไม่ใช่งู ฉันบอกคุณ!" อลิซกล่าว

"Soy un... Soy un... Soy una niña —añadió con cierta duda—

"ฉันเป็น... ฉันเป็น... ฉันเป็นเด็กผู้หญิงตัวเล็ก"

เธอเสริมอย่างสงสัย

Después de todo, había estado pasando por muchos cambios

เธอผ่านการเปลี่ยนแปลงมากมาย

—Estás buscando huevos —dijo la paloma—

"คุณกำลังตามหาไข่" นกพิราบกล่าว

"Lo sé con certeza"

"ฉันรู้ว่าเป็นความจริง"

—¿Y qué importa si eres una niña o una serpiente?

"แล้วมันสำคัญอะไรถ้าคุณเป็นเด็กผู้หญิงตัวเล็ก ๆ หรืองู"

—A mí me importa mucho —dijo Alicia apresuradamente—

"มันสำคัญมากสำหรับฉัน" อลิซพูดอย่างรีบร้อน

"pero no estoy buscando huevos, como suele ser"

"แต่ฉันไม่ได้มองหาไข่อย่างที่เกิดขึ้น"

"Y de todos modos no querría tus huevos"

"และฉันก็ไม่ต้องการไข่ของคุณอยู่ดี"

"No me gustan los huevos crudos"

"ฉันไม่ชอบไข่ดิบ"

-¡Pues váyase! -dijo la paloma en tono malhumorado-

"เอาล่ะ ออกไป!" นกพิราบพูดด้วยน้ำเสียงบึ้ง

Y la paloma se instaló de nuevo en su nido

และนกพิราบก็กลับลงสู่รังของมันอีกครั้ง

Alicia se agachó entre los árboles lo mejor que pudo

อลิซหมอบลงท่ามกลางต้นไม้ให้ดีที่สุดเท่าที่จะทำได้

Su cuello no dejaba de enredarse entre las ramas

คอของเธอเข้าไปพัวพันกับกิ่งไม้

De vez en cuando tenía que detenerse y desenroscar el cuello

บางครั้งเธอต้องหยุดและคลายคอของเธอ

Al cabo de un rato se acordó de la seta
หลังจากนั้นไม่นานเธอก็จำเห็ดได้

Todavía sostenía los trozos de hongo en sus manos
เธอยังคงถือชิ้นส่วนเห็ดไว้ในมือของเธอ

Y se puso a trabajar con mucho cuidado
และเธอก็เริ่มทำงานอย่างระมัดระวัง

Primero mordisqueó una pieza
ตอนแรกเธอแทะชิ้นเดียว

Y luego mordisqueó la otra pieza
แล้วเธอก็แทะอีกชิ้นหนึ่ง

A veces crecía
บางครั้งเธอก็สูงขึ้น

y a veces se acortaba
และบางครั้งเธอก็เตี้ยลง

pero finalmente alcanzó su altura habitual
แต่ในที่สุดเธอก็มีความสูงตามปกติ

Hacía tiempo que no era de su estatura
เธอไม่ได้สูงของเธอมาระยะหนึ่งแล้ว

Así que todo se sintió extraño por un tiempo
ดังนั้นทุกอย่างจึงรู้สึกแปลก ๆ ชั่วขณะหนึ่ง

"Lo siguiente que hay que hacer es entrar en ese hermoso jardín"
"สิ่งต่อไปที่ต้องทำคือเข้าไปในสวนที่สวยงามนั้น"

—¿Cómo se va a hacer eso, me pregunto?
"จะทำอย่างไรฉันสงสัย?"

Al decir esto, llegó a un lugar abierto
ขณะที่เธอพูดเช่นนี้ เธอก็มาถึงที่โล่ง

Había una casita, un poco más de un metro de altura

มีบ้านหลังเล็ก ๆ สูงกว่าหนึ่งเมตรเล็กน้อย

"Me pregunto quién vive en esta casita"

"ฉันสงสัยว่าใครอาศัยอยู่ในบ้านหลังเล็ก ๆ นี้"

"Ciertamente no puedo entrar tan grande como soy"

"ฉันไม่สามารถเข้าไปใหญ่เท่าฉันได้แน่นอน"

—¡Los asustaría terriblemente!

"ฉันจะทำให้พวกเขากลัวมาก!"

Así que volvió a mordisquear el pequeño champiñón

ดังนั้นเธอจึงแทะเห็ดตัวเล็ก ๆ อีกครั้ง

Y pronto bajó treinta centímetros

และในไม่ช้าเธอก็ลดตัวเองลงมาสามสิบเซนติเมตร

Un cerdo y un poco de pimienta
หมูและพริกไทย

Durante uno o dos minutos se quedó mirando la casa

เธอยืนมองไปที่บ้านเป็นเวลาหนึ่งหรือสองนาที

De repente, un lacayo salió corriendo del bosque

ทันใดนั้นก็มีคนเดินเท้าวิ่งออกมาจากป่า

Vestía un uniforme especial

เขาสวมเครื่องแบบพิเศษ

A juzgar solo por su rostro, ella lo habría llamado pez

ตัดสินจากใบหน้าของเขาเท่านั้นเธอคงเรียกเขาว่าปลา

Y golpeó fuertemente la puerta con los nudillos

และเขาก็กระแทกประตูเสียงดังด้วยข้อนิ้วของเขา

La puerta fue abierta por otro lacayo

ประตูถูกเปิดโดยพนักงานเดินเท้าอีกคน

Este lacayo también llevaba una librea especial

คนเดินเท้าคนนี้ก็สวมชุดพิเศษเช่นกัน

Este lacayo tenía una cara redonda y ojos grandes como los de una rana

คนเดินเท้าคนนี้มีใบหน้ากลมและดวงตาโตเหมือนกบ

El lacayo, que parecía un pez, inició la ceremonia

คนเดินเท้าที่ดูเหมือนปลาเริ่มต้นพิธี
Sacó algo de debajo de su brazo
เขาดึงบางอย่างออกมาจากใต้วงแขนของเขา
Y sacó de debajo del brazo un sobre
และเขาก็หยิบซองจดหมายออกมาจากใต้วงแขนของเขา
Y este sobre se lo entregó al otro lacayo
และซองจดหมายนี้เขายื่นให้คนเดินอีกคน
En tono ceremonioso le comunicó las órdenes
เขาบอกคำสั่งด้วยน้ำเสียงที่สุภาพ
"Este mensaje es para la duquesa"
"ข้อความนี้ส่งถึงดัชเชส"
"Una invitación de la reina a jugar al croquet"
"คำเชิญจากราชินีให้เล่นโครเก้"
El lacayo, que parecía una rana, repitió la orden
คนเดินเท้าที่ดูเหมือนกบพูดซ้ำคำสั่ง
"De la Reina"
"จากราชินี"
"Una invitación"
"คำเชิญ"
"para la duquesa"
"สำหรับดัชเชส"
"Jugar al croquet"
"เล่นโครเก้"
Entonces ambos se inclinaron profundamente
จากนั้นทั้งคู่ก็โค้งคำนับต่ำ
y los rizos de sus pelucas se enredaron
และลอนผมในวิกผมของพวกเขาก็พันกัน
Pronto el lacayo que parecía un pez se había ido

ในไม่ช้าคนเดินเท้าที่ดูเหมือนปลาก็หายไป

Pero el lacayo que parecía una rana todavía estaba allí

แต่คนเดินเท้าที่ดูเหมือนกบยังคงอยู่ที่นั่น

Estaba sentado en el suelo, cerca de la puerta

เขานั่งอยู่บนพื้นใกล้ประตู

Estaba mirando estúpidamente al cielo

เขาจ้องมองขึ้นไปบนท้องฟ้าอย่างโง่เขลา

Alicia se acercó tímidamente a la puerta y llamó

อลิซเดินไปที่ประตูอย่างขี้อายและเคาะประตู

—Es inútil llamar a la puerta —dijo el lacayo—

"ไม่มีประโยชน์ที่จะเคาะ" คนเดินเท้ากล่าว

"Y eso es por dos razones"

"และนั่นเป็นเพราะเหตุผลสองประการ"

"Primero, porque estoy del mismo lado de la puerta que tú"

"อย่างแรก เพราะฉันอยู่ฝั่งเดียวกับคุณ"

"En segundo lugar, porque están haciendo mucho ruido
dentro"

"ประการที่สอง เพราะพวกเขาส่งเสียงดังมากภายใน"

"Nadie podría escucharte"

"ไม่มีใครได้ยินคุณ"

Y, ciertamente, había un ruido extraordinario en su interior

และแน่นอนว่ามีเสียงที่ไม่ธรรมดาที่สุดเกิดขึ้นภายใน

un aullido y estornudos constantes

เสียงหอนและจามอย่างต่อเนื่อง

y de vez en cuando se oye un gran estruendo

และบางครั้งก็มีเสียงกระแทกอย่างรุนแรง

como si un plato o una tetera se hubieran roto en pedazos

ราวกับว่าจานหรือกาต้มน้ำแตกเป็นชิ้น ๆ

-¿Cómo voy a entrar? -preguntó Alicia
"ฉันจะเข้าไปได้อย่างไร" อลิซถาม
—¿Deberías entrar? —dijo el lacayo—
"คุณควรเข้าไปเลยไหม"
"Esa es la primera pregunta, ya sabes"
"นั่นคือคำถามแรก คุณรู้ไหม"
Alicia abrió la puerta y entró
อลิซเปิดประตูและเข้าไป
La puerta conducía directamente a una gran cocina
ประตูนำไปสู่ห้องครัวขนาดใหญ่
La cocina estaba llena de humo de un extremo a otro
ห้องครัวเต็มไปด้วยควันจากปลายด้านหนึ่งไปอีกด้านหนึ่ง
en medio de la cocina estaba la duquesa
กลางห้องครัวคือดัชเชส
Estaba sentada en un taburete de tres patas
เธอนั่งอยู่บนเก้าอี้สามขา
Y ella estaba amamantando a un bebé
และเธอกำลังให้นมทารก
El cocinero estaba inclinado sobre el fuego
พ่อครัวกำลังโน้มตัวอยู่เหนือกองไฟ
Estaba removiendo un gran caldero
เขากำลังกวนหม้อไฟขนาดใหญ่
y el caldero parecía estar lleno de sopa
และหม้อไฟดูเหมือนจะเต็มไปด้วยซุป
"¡Ciertamente hay demasiada pimienta en esa sopa!" —se
dijo Alicia
"ซุปนั้นมีพริกไทยมากเกินไปแน่นอน!" อลิซพูดกับตัวเอง
Lo dijo lo mejor que pudo, sin estornudar

เธอพูดอย่างดีที่สุดโดยไม่ต้องจาม

Incluso la duquesa estornudaba de vez en cuando
แม้แต่ดัชเชสก็จามเป็นครั้งคราว

Pero las acciones del bebé fueron las más notables
แต่การกระทำของทารกนั้นน่าสังเกตที่สุด

El bebé estornudaba y aullaba alternativamente
ทารกจามและหอนสลับกัน

No hubo un momento de pausa entre aullidos y estornudos
ไม่มีการหยุดชั่วคราวระหว่างการหอนและการจาม

Había dos criaturas en la cocina que no estornudaban
มีสิ่งมีชีวิตสองตัวในครัวที่ไม่จาม

El cocinero estaba demasiado ocupado para estornudar
พ่อครัวยุ่งเกินกว่าจะจาม

Y al gran gato no pareció importarle el pimiento
และแมวตัวใหญ่ดูเหมือนจะไม่รังเกียจพริกไทย

En cambio, el gran gato sonreía de oreja a oreja
แมวตัวใหญ่กลับยิ้มจากหูถึงหู

**-Por favor, ¿podría decírmelo -dijo Alicia, un poco
tímidamente-**
"ช่วยบอกฉันหน่อยได้ไหม" อลิซพูดอย่างขี้อายเล็กน้อย

"¿Por qué tu gato sonríe así?"
"ทำไมแมวของคุณถึงยิ้มแบบนั้น"

-Es un gato de Cheshire -dijo la duquesa-
"มันเป็นแมวเชเชียร์" ดัชเชสกล่าว

"Y por eso está sonriendo de oreja a oreja"
"และนั่นเป็นเหตุผลที่เขายิ้มจากหูถึงหู"

"No sabía que un gato de Cheshire siempre sonreía"
"ฉันไม่รู้ว่าแมวเชเชียร์ยิ้มเสมอ"

—De hecho, no sabía que los gatos podían sonreír —dijo Alicia—

"อันที่จริง ฉันไม่รู้ว่าแมวสามารถยิ้มได้" อลิซกล่าว

-Hay muchas cosas que no sabes -dijo la duquesa-

"มีหลายอย่างที่คุณไม่รู้" ดัชเชสกล่าว

"Hay muchas cosas que no sabes y eso es un hecho"

"มีหลายสิ่งที่คุณไม่รู้และนั่นคือความจริง"

En ese momento, el cocinero retiró el caldero de sopa del fuego

จากนั้นพ่อครัวก็เอาหม้อซุปออกจากกองไฟ

Y en seguida se puso a tirar todo lo que estaba a su alcance

และทันทีที่เธอเริ่มโยนทุกอย่างให้เอื้อมถึง

arrojó todo lo que pudo a la duquesa y al bebé

เธอโยนทุกอย่างที่เธอทำได้ใส่ดัชเชสและทารก

Primero arrojó los hierros de fuego

ก่อนอื่นเธอขว้างเตารีดไฟ

Luego tiró un puñado de cacerolas

จากนั้นเธอก็โยนกระทะหนึ่งกำมือ

y finalmente tiró los platos y las fuentes

และในที่สุดเธอก็โยนจานและจาน

La duquesa no le hizo caso

ดัชเชสไม่สนใจเธอ

Incluso cuando fue golpeada por un plato, no se preocupó

แม้เธอจะถูกจานกระแทก เธอก็ไม่กังวล

El bebé ya estaba aullando tanto

ทารกหอนมากแล้ว

Así que era imposible decir si los golpes lastimaban al bebé o no

ดังนั้นจึงเป็นไปไม่ได้ที่จะบอกว่าการกระแทกนั้นทำร้ายทารกหรื

อไม่

—¡Oh, por favor, ten cuidado con lo que estás haciendo! —
exclamó Alicia—
"โอ้ โปรดระวังสิ่งที่คุณกำลังทำอยู่!" อลิซร้อง

Y saltaba de un lado a otro en una agonía de terror
และเธอกระโดดขึ้นลงด้วยความเจ็บปวดด้วยความหวาดกลัว

la duquesa le ofreció a Alicia el bebé
ดัชเชสเสนอทารกให้อลิซ

"¡Aquí! ¡Puedes amamantar un poco al bebé, si quieres!"
"นี่! คุณสามารถให้นมทารกสักหน่อยได้ถ้าคุณต้องการ!"

Y le arrojó al bebé mientras hablaba
และเธอก็ขว้างทารกใส่เธอขณะที่เธอพูด

"Tengo que ir a prepararme para jugar al croquet con la
reina"
"ฉันต้องไปเตรียมพร้อมที่จะเล่นโครเก้กับราชินี"

Y se apresuró a salir de la habitación
และเธอก็รีบออกจากห้อง

Alicia atrapó al bebé con cierta dificultad
อลิซจับทารกได้ด้วยความยากลำบาก

porque era una criatura de forma muy extraña
เพราะมันเป็นสิ่งมีชีวิตตัวเล็ก ๆ ที่มีรูปร่างแปลกมาก

Y el bebé extendió los brazos y las piernas en todas
direcciones
และทารกก็ยื่นแขนและขาไปทุกทิศทาง

«Será mejor que me lleve a este niño conmigo», pensó Alicia
"ฉันควรพาเด็กคนนี้ไปกับฉันดีกว่า" อลิซคิด

"Seguro que matarán a este bebé en uno o dos días"
"พวกเขาจะต้องฆ่าทารกคนนี้ในหนึ่งหรือสองวัน"

—¿No sería un asesinato dejar atrás a este bebé?

"การทิ้งทารกคนนี้ไว้เบื้องหลังจะไม่เป็นการฆาตกรรมเหรอ"

Dijo las últimas palabras en voz alta

เธอพูดคำสุดท้ายออกมาดัง ๆ

Y la cosita gruñó en respuesta

และสิ่งเล็ก ๆ น้อย ๆ ก็คำรามตอบ

—Será mejor que no te conviertas en un cerdo, querida —
dijo Alicia—

"คุณไม่ควรกลายเป็นหมูที่รัก" อลิซกล่าว

"o de lo contrario no tendré nada más que ver contigo"

"ไม่งั้นฉันจะไม่มีอะไรกับคุณอีกแล้ว"

Alicia empezaba a pensar para sí misma:

อลิซเพิ่งเริ่มคิดในใจ:

"Ahora, ¿qué voy a hacer con esta criatura cuando la lleve a
casa?"

"ตอนนี้ ฉันจะทำอย่างไรกับสิ่งมีชีวิตตัวนี้ เมื่อฉันได้มันกลับบ้าน"

Pero entonces la pequeña criatura gruñó un poco
violentamente

แต่แล้วสิ่งมีชีวิตตัวเล็ก ๆ ก็คำรามอย่างรุนแรงเล็กน้อย

y Alicia lo miró a la cara con cierta alarma

และอลิซก็ก้มลงมองหน้ามันด้วยความตื่นตระหนก

Esta vez no podía haber error al respecto

คราวนี้คงไม่มีความผิดพลาดเกี่ยวกับเรื่องนี้

No era ni más ni menos que un cerdo

มันไม่มากหรือน้อยไปกว่าหมู

Así que dejó a la pequeña criatura en el suelo

ดังนั้นเธอจึงวางสิ่งมีชีวิตตัวเล็ก ๆ ลง

y la pequeña criatura se aleja trotando tranquilamente hacia
el bosque

และสิ่งมีชีวิตตัวเล็ก ๆ ก็วิ่งเหยาะๆ เข้าไปในป่าอย่างเงียบ ๆ

Alicia se sintió bastante aliviada al ver que la criatura se iba
อลิซรู้สึกโล่งใจมากที่ได้เห็นสิ่งมีชีวิตนั้นจากไป

Alicia se sobresaltó un poco al ver al Gato de Cheshire
อลิซตกใจเล็กน้อยเมื่อเห็นแมวเชเชียร์

Estaba sentado en la rama de un árbol a pocos metros de distancia
มันนั่งอยู่บนกิ่งไม้ที่ห่างออกไปไม่กี่หลา

El gato solo sonrió cuando la vio
แมวยิ้มเมื่อเห็นเธอ

—Gato de Cheshire —empezó Alicia, bastante tímidamente—
"แมวเชเชียร์" อลิซเริ่มค่อนข้างขี้อาย

—¿Podría decirme, por favor, qué camino debo tomar desde aquí?
"คุณช่วยบอกฉันหน่อยได้ไหมว่าฉันควรไปทางไหนจากที่นี่"

—En esa dirección —dijo el gato—
"ในทิศทางนั้น" แมวพูด

Y agitó la pata derecha
และมันโบกอุ้งเท้าขวาไปรอบ ๆ

"En esa dirección vive un fabricante de sombreros"
"ในทิศทางนั้นมีช่างทำหมวกอาศัยอยู่"

Y entonces el gato agitó su otra pata
จากนั้นแมวก็โบกอุ้งเท้าอีกข้าง

"Y en esa dirección vive una liebre de marzo"
"และกระต่ายเดินขบวนอาศัยอยู่ในทิศทางนั้น"

"Visita a cualquiera de los que quieras; los dos están locos"
"เยี่ยมชมอย่างที่คุณชอบ พวกเขาทั้งคู่บ้า"

—Pero yo no quiero andar entre locos —comentó Alicia—
"แต่ฉันไม่อยากไปท่ามกลางคนบ้า" อลิซกล่าว

—Oh, no puedes evitarlo —dijo el Gato—

"โอ้ คุณช่วยไม่ได้" แมวพูด

"Aquí estamos todos locos"

"เราทุกคนบ้าที่นี่"

"¿Vas a jugar al croquet con la reina hoy?"

"วันนี้คุณเล่นโครเก้กับราชินีหรือเปล่า"

—Me gustaría mucho —dijo Alicia—

"ฉันอยากมาก" อลิซกล่าว

"pero todavía no me han invitado"

"แต่ฉันยังไม่ได้รับเชิญ"

—Allí me verás —dijo el Gato—

"คุณจะเห็นฉันที่นั่น" แมวพูด

Y de un momento a otro el gato desapareció

และจากช่วงเวลาหนึ่งไปอีกช่วงเวลาหนึ่งแมวก็หายไป

pronto Alicia llegó a la vista de la casa de la liebre de marzo

ในไม่ช้าอลิซก็มองเห็นบ้านของกระต่ายเดินขบวน

Era una casa muy grande

นี่เป็นบ้านหลังใหญ่มาก

así que Alicia no quiso acercarse a la casa

อลิซจึงไม่อยากเข้าใกล้บ้าน

Primero tuvo que mordisquear un poco más del trozo de champiñón del lado izquierdo

ก่อนอื่นเธอต้องแทะเห็ดด้านซ้ายอีก

Una fiesta de té loca
ปาร์ตี้น้ำชาที่บ้าคลั่ง

Delante de la casa había un árbol
หน้าบ้านมีต้นไม้

y debajo del árbol había una mesa
และใต้ต้นไม้มีโต๊ะ

y la mesa estaba puesta con toda clase de cubiertos
และโต๊ะก็ถูกจัดวางด้วยช้อนส้อมทุกประเภท

La Liebre de Marzo y el Sombrerero estaban sentados a la mesa
กระต่ายเดินขบวนและช่างทำหมวกอยู่ที่โต๊ะ

y juntos estaban tomando el té
และพวกเขากำลังดื่มชาด้วยกัน

Un lirón estaba sentado entre ellos
ดอร์เมาส์นั่งอยู่ระหว่างพวกเขา

y el lirón se durmió profundamente
และหนูนอนก็หลับสนิท

La mesa era de un tamaño extraordinario
โต๊ะมีขนาดพิเศษ

Pero la mayor parte de la mesa estaba desocupada
แต่โต๊ะส่วนใหญ่ว่างเปล่า

Se sentaron apiñados en una esquina de la mesa
พวกเขานั่งเบียดเสียดกันที่มุมหนึ่งของโต๊ะ

y, sin embargo, se excusaban cuando veían a Alicia
แต่พวกเขาก็แก้ตัวเมื่อเห็นอลิซ

"¡No hay espacio! ¡No hay lugar!", gritaron
"ไม่มีห้อง! ไม่มีห้อง!" พวกเขาตะโกน

-¡Hay sitio de sobra! -exclamó Alicia indignada-

"มีที่ว่างมากมาย!" อลิซพูดอย่างโกรธเคือง

En un extremo de la mesa había un gran sillón
ที่ปลายด้านหนึ่งของโต๊ะมีเก้าอี้เท้าแขนขนาดใหญ่

y Alicia se sentó en el sillón
และอลิซก็นั่งบนเก้าอี้เท้าแขน

El sombrerero abrió mucho los ojos
ช่างทำหมวกลืมตากว้างมาก

No podía creer lo que estaba viendo
เขาไม่อยากจะเชื่อในสิ่งที่เขาเห็น

Pero su mente tenía curiosidad por otras cosas
แต่จิตใจของเขาอยากรู้อยากเห็นเกี่ยวกับสิ่งอื่น ๆ

—¿Por qué un cuervo es como un escritorio?
"ทำไมอีกาถึงเหมือนโต๊ะเขียนหนังสือ?"

Alicia estaba abierta al reto
อลิซเปิดรับความท้าทาย

"Me alegro de que hayan empezado a hacer adivinanzas"
"ฉันดีใจที่พวกเขาเริ่มถามปริศนา"

—Creo que puedo adivinarlo —añadió en voz alta—
"ฉันเชื่อว่าฉันเดาได้" เธอเสริมดัง ๆ

La liebre de marzo sintió curiosidad por Alicia
กระต่ายเดินขบวนเริ่มอยากรู้เกี่ยวกับอลิซ

"¿De verdad crees que puedes encontrar la respuesta?"
"คุณคิดว่าคุณจะพบคำตอบได้จริงหรือ"

—Creo que puedo encontrar la respuesta —dijo Alicia—
"ฉันคิดว่าฉันสามารถหาคำตอบได้จริงๆ" อลิซกล่าว

—Entonces deberías decir lo que quieres decir —prosiguió la liebre de la marcha—
"ถ้าอย่างนั้นคุณควรพูดว่าคุณหมายถึงอะไร"

กระต่ายเดินขบวนดำเนินต่อไป
—Digo lo que quiero decir —respondió Alicia
apresuradamente—
"ฉันพูดในสิ่งที่ฉันหมายถึง" อลิซรีบตอบ
"por lo menos quiero decir lo que digo"
"อย่างน้อยที่สุดฉันหมายถึงสิ่งที่ฉันพูด"
"Es lo mismo, ¿sabes?"
"นั่นก็เหมือนกัน คุณรู้ไหม"
El lirón también contribuyó a la conversación
ดอร์เมาส์ก็มีส่วนในการสนทนาเช่นกัน
Pero el lirón parecía estar hablando en sueños
แต่หนูนอนดูเหมือนจะพูดขณะหลับใหล
"Respiro cuando duermo"
"ฉันหายใจเมื่อฉันนอนหลับ"
"¡Duermo cuando respiro!"
"ฉันนอนหลับเมื่อหายใจ!"
"Bien podría decirse que también son lo mismo"
"คุณอาจจะบอกว่าพวกเขาเหมือนกัน"
-A ti te pasa lo mismo -dijo el sombrerero-
"มันก็เหมือนกันกับคุณ" ช่างทำหมวกกล่าว
Y echó un poco de té en la nariz del lirón
และเขาก็เทชาเล็กน้อยลงบนจมูกของดอร์เมาส์
El Lirón sacudió la cabeza con impaciencia
ดอร์เมาส์ส่ายหัวอย่างไม่อดทน
Y volvió a hablar el Lirón, sin abrir los ojos
และหนูหลังพูดอีกครั้ง โดยไม่ลืมตา
"Por supuesto, por supuesto que es lo mismo"
"แน่นอน แน่นอฉันว่ามันเหมือนกัน"

"eso es justo lo que iba a decir yo mismo"
"นั่นคือสิ่งที่ฉันจะพูดด้วยตัวเอง"

El sombrerero se volvió hacia Alicia y le hizo otra pregunta
ช่างทำหมวกหันไปหาอลิซและถามคำถามอื่น

—¿Ya has adivinado el enigma?
"คุณเดาปริศนาแล้วหรือยัง"

—No, me rindo —concedió Alicia—
"ไม่ ฉันยอมแพ้" อลิซยอมรับ

"¿Cuál es la respuesta?", quiso saber
"คำตอบคืออะไร" เธออยากรู้

—No tengo la menor idea —dijo el sombrerero—
"ฉันไม่มีความคิดแม้แต่น้อย" ช่างทำหมวกกล่าว

-Ni yo lo sé -dijo la liebre-

"ฉันไม่รู้" กระต่ายเดินขบวนกล่าว

Alicia dio un suspiro de cansancio

อลิซถอนหายใจอย่างเหนื่อยล้า

"Hay mejores usos del tiempo que los enigmas sin respuestas"

"มีการใช้เวลาที่ดีกว่าปริศนาที่ไม่มีคำตอบ"

-¡Toma un poco más de té! -dijo la liebre a Alicia, muy seriamente-

"ดื่มชาอีกสักหน่อย" กระต่ายเดินขบวนพูดกับอลิซอย่างจริงจัง

Alicia se sintió bastante ofendida por la oferta

อลิซค่อนข้างขุ่นเคืองกับข้อเสนอนี้

—Todavía no he tomado el té —respondió Alicia—

"ฉันยังไม่ได้ดื่มชา" อลิซตอบ

"por lo tanto, no puedo tomar más té"

"ดังนั้นฉันจึงไม่สามารถดื่มชาได้อีกต่อไป"

—Quieres decir que no puedes tomar menos té —dijo el sombrerero—

"คุณหมายความว่าคุณไม่สามารถดื่มชาน้อยลงได้"

ช่างทำหมวกกล่าว

"Es muy fácil llevarse más que nada"

"มันง่ายมากที่จะรับมากกว่าไม่มีอะไรเลย"

Al oír esto, Alicia se levantó y se marchó

เมื่อถึงจุดนี้ อลิซก็ลุกขึ้นและเดินออกไป

El lirón se durmió al instante

หนูนอนหลับทันที

y ninguno de los otros hizo la menor atención de que ella se fuera

และไม่มีใครสังเกตเห็นว่าเธอไป

aunque miró hacia atrás una o dos veces

แม้ว่าเธอจะมองย้อนกลับไปหนึ่งหรือสองครั้ง

Intentaban meter el lirón en la tetera

พวกเขาพยายามใส่หนูนอนลงในกาน้ำชา

-De todos modos, ¡no volveré a ir allí! -dijo Alicia-

"ยังไงก็ตาม ฉันจะไม่ไปที่นั่นอีก!" อลิซกล่าว

Y ella caminó su camino a través del bosque

และเธอเดินผ่านป่า

"Esa fue la fiesta del té más estúpida a la que he ido en mi vida"

"นั่นเป็นงานเลี้ยงน้ำชาที่โง่ที่สุดที่ฉันเคยไป"

Justo cuando dijo esto, notó algo

ขณะที่เธอพูดแบบนี้ เธอก็สังเกตเห็นบางอย่าง

Uno de los árboles tenía una puerta que daba directamente a él

ต้นไม้ต้นหนึ่งมีประตูที่นำไปสู่มัน

"¡Eso es muy interesante!", pensó

"น่าสนใจมาก!" เธอคิด

"Creo que es mejor que pase por la puerta"

"ฉันคิดว่าฉันอาจจะผ่านประตูไปได้ดีกว่า"

Y entró por la puerta

และเธอก็เดินผ่านประตูไป

Una vez más se encontró en el largo pasillo

อีกครั้งที่เธอพบว่าตัวเองอยู่ในห้องโถงยาว

De nuevo estaba cerca de la mesita de cristal

เธออยู่ใกล้กับโต๊ะกระจกเล็กๆ อีกครั้ง

Ella tomó la pequeña llave de oro

เธอหยิบกุญแจทองคำตัวเล็ก ๆ

Y abrió la puerta que daba al jardín

และเธอก็ปลดล็อกประตูที่นำไปสู่สวน

Luego se puso manos a la obra mordisqueando el hongo
จากนั้นเธอก็เริ่มทำงานแทะเห็ด

Había guardado un trozo de la seta en el bolsillo
เธอเก็บเห็ดชิ้นหนึ่งไว้ในกระเป๋าเสื้อของเธอ

Y, por último, medía alrededor de un metro de altura
และในที่สุดเธอก็สูงประมาณหนึ่งเมตร

Luego caminó por el pequeño pasillo
จากนั้นเธอก็เดินไปตามทางเดินเล็กๆ

Y entonces finalmente se encontró en el hermoso jardín
และในที่สุดเธอก็พบว่าตัวเองอยู่ในสวนที่สวยงาม

y ella estaba entre la flor brillante y las fuentes frescas
และเธออยู่ท่ามกลางดอกไม้ที่สดใสและน้ำพุเย็น

El campo de croquet de la reina
สนามโครเก้ของราชินี

Un gran rosal se alzaba cerca de la entrada del jardín

ต้นกุหลาบขนาดใหญ่ตั้งตระหง่านอยู่ใกล้ทางเข้าสวน

Las rosas que crecían en el árbol eran blancas

กุหลาบที่เติบโตบนต้นไม้เป็นสีขาว

Pero había tres jardineros pintando la rosa

แต่มีชาวสวนสามคนที่วาดดอกกุหลาบ

Estaban ocupados pintando las rosas de rojo

พวกเขากำลังยุ่งอยู่กับการทาสีดอกกุหลาบเป็นสีแดง

y Alicia los miraba pintar las rosas de rojo

และอลิซกำลังเฝ้าดูพวกเขาทาสีกุหลาบเป็นสีแดง

y de repente sus ojos se posaron por casualidad en Alicia

ทันใดนั้นสายตาของพวกเขาก็ตกลงมาที่อลิซ

Alicia habló un poco tímidamente

อลิซพูดอย่างขี้อายเล็กน้อย

—¿Podría decírmelo, por favor?

"ช่วยบอกฉันได้ไหม"

"¿Por qué están pintando todas esas rosas?"

"ทำไมพวกคุณถึงวาดดอกกุหลาบเหล่านั้น"

Cinco y siete no dijeron nada, pero miraron a dos

ห้าและเจ็ดไม่พูดอะไร แต่มองไปที่สอง

Dos hablaron, en voz baja

สองคนพูดด้วยเสียงต่ำ

"Vaya, el hecho es que ya lo ve, señora"

"ทำไม ความจริงก็คือ คุณเห็นไหม มาดาม"

"Esto de aquí debería haber sido un rosal rojo"

"ที่นี่น่าจะเป็นต้นกุหลาบสีแดง"

"Y pusimos un rosal blanco por error"
"และเราใส่ต้นกุหลาบสีขาวโดยไม่ได้ตั้งใจ"

"Como estarás de acuerdo, la Reina no debe enterarse"
"อย่างที่คุณเห็นด้วย ราชินีต้องไม่รู้"

"De lo contrario, nos cortarían la cabeza a todos"
"ไม่เช่นนั้นเราทุกคนจะถูกตัดศีรษะ"

"Así que ya ve, señora, estamos haciendo lo mejor que
podemos"
"คุณเห็นไหม คุณหญิง เรากำลังพยายามอย่างเต็มที่"

La Carta Cinco había estado mirando ansiosamente a través
del jardín
การ์ดที่ห้ามองข้ามสวนอย่างกังวล

En ese momento, la carta cinco gritó: "¡La reina! ¡La reina!"
ในขณะนี้ไพ่ที่ห้าตะโกนว่า "ราชินี! ราชินี!"

Y los tres jardineros se escabulleron al instante
และชาวสวนทั้งสามก็รีบหนีไปทันที

Y se arrojaron de bruces
และพวกเขาก็ทรุดตัวลงบนใบหน้าของพวกเขา

Se oyó el sonido de muchos pasos
มีเสียงฝีเท้ามากมาย

Alicia miró a su alrededor, ansiosa por ver a la reina
อลิซมองไปรอบ ๆ กระตือรือร้นที่จะเห็นราชินี

Al comienzo de la procesión había diez soldados
ในตอนเริ่มต้นของขบวนมีทหารสิบคน

Sus manos y pies estaban en las esquinas
มือและเท้าของพวกเขาอยู่ที่มุม

y en sus manos y pies había garrotes
และในมือและเท้าของพวกเขามีกระบอง

Luego vinieron los diez cortesanos

ถัดมาคือข้าราชบริพารทั้งสิบคน

Los cortesanos estaban adornados con diamantes

ข้าราชบริพารประดับประดาด้วยเพชร

Después de los cortesanos venían los hijos reales

หลังจากข้าราชบริพารมา

Eran diez los hijos de la realeza

มีบุตรราชวงศ์สิบคน

y todos los niños reales estaban adornados con corazones

และบุตรราชวงศ์ทุกคนประดับประดาด้วยหัวใจ

Luego vinieron los invitados; en su mayoría reyes y reinas

ถัดมาคือแขก ส่วนใหญ่เป็นกษัตริย์และราชินี

y entre los reyes y la reina, Alicia vio a alguien

และท่ามกลางกษัตริย์และราชินีอลิซเห็นใครบางคน

Volvió a ver al conejo blanco que había perseguido

เธอเห็นกระต่ายขาวที่เธอไล่ตามอีกครั้ง

La procesión fue seguida por la sota de los corazones

ขบวนเดินตามมีดแห่งหัวใจ

Llevaba la corona del rey

เขาถือมงกุฎของกษัตริย์

y la corona del rey estaba sobre un cojín de terciopelo carmesí

และมงกุฎของกษัตริย์อยู่บนเบาะกำมะหยี่สีแดงเข้ม

Y entonces llegó el final de esta gran procesión

และแล้วก็สิ้นสุดขบวนแห่ที่ยิ่งใหญ่นี้

Y allí, al final, estaban el Rey y la Reina de Corazones

และในตอนท้ายก็มีกษัตริย์และราชินีแห่งหัวใจ

la procesión venía frente a Alicia

ขบวนมาตรงข้ามกับอลิซ

Y todos se detuvieron y la miraron

และพวกเขาทั้งหมดก็หยุดและมองไปที่เธอ

Y la reina dijo severamente: "¿Quién es éste?"

ราชินีตรัสอย่างหนักแน่นว่า "นี่คือใคร?"

Se lo dijo a la Sota de Corazones

เธอพูดกับคนาฟแห่งหัวใจ

Pero él se limitó a hacer una reverencia y a sonreír en respuesta

แต่เขาแค่โค้งคำนับและยิ้มตอบ

Alicia habló muy cortésmente

อลิซพูดอย่างสุภาพมาก

"Mi nombre es Alicia, así que por favor, su majestad"

"ฉันชื่ออลิซ ดังนั้นโปรดพระบาทสมเด็จพระเจ้าอยู่หัว"

Pero ella tenía otros pensamientos para sí misma

แต่เธอมีความคิดอื่นกับตัวเอง

"¡Después de todo, son solo un mazo de cartas!"

"ท้ายที่สุดแล้วมันเป็นเพียงแพ็คการ์ด!"

"¿Sabes jugar al croquet?", gritó la reina

"คุณเล่นโครเก้ได้ไหม" ราชินีตะโกน

Era evidente que la pregunta iba dirigida a Alicia

เห็นได้ชัดว่าคำถามนี้มีไว้สำหรับอลิซ

-¡Sí! -dijo Alicia en voz alta-

"ใช่!" อลิซพูดเสียงดัง

—¡Ven a jugar! —rugió la reina—

"มาเล่นเถอะ!" ราชินีคำราม

una voz tímida le habló a Alicia

เสียงขี้อายพูดกับอลิซ

"¡Es un día muy hermoso!"

"มันเป็นวันที่อากาศดีมาก!"

Caminaba junto al conejo blanco
เธอกำลังเดินผ่านกระต่ายขาว

y el Conejo Blanco la miraba ansiosamente a la cara
และกระต่ายขาวก็แอบมองเข้าไปในใบหน้าของเธออย่างกังวล

—Un día muy bueno —confirmó Alicia—
"เป็นวันที่อากาศดีมากจริงๆ" อลิซยืนยัน

—¿Dónde está la duquesa?
"ดัชเชสอยู่ที่ไหน"

"¡Silencio! ¡Silencio!", dijo el Conejo
"เงียบ! เงียบ!" กระต่ายกล่าว

"Está condenada a muerte"
"เธออยู่ภายใต้โทษประหารชีวิต"

—¿Por qué la ejecutan? —preguntó Alicia
"เธอถูกประหารชีวิตเพื่ออะไร" อลิซถาม

—Le ha rayado las orejas a la reina —empezó a decir el conejo—
"เธอขูดหูของราชินี" กระต่ายเริ่ม

—gritó la Reina con voz de trueno—
ราชินีตะโกนด้วยเสียงฟ้าร้อง

"¡Vayan a sus lugares!"
"ไปที่ของคุณ!"

Y la gente empezó a correr en todas direcciones
และผู้คนก็เริ่มวิ่งไปทั่วทุกทิศทาง

y todos tropezaron unos con otros
และพวกเขาทั้งหมดก็ล้มลงชนกัน

Sin embargo, se calmaron en uno o dos minutos
อย่างไรก็ตาม พวกเขาก็สงบลงภายในหนึ่งหรือสองนาที

Y entonces comenzó el juego
และจากนั้นเกมก็เริ่มขึ้น

Alicia nunca había visto un campo de croquet tan curioso
อลิซไม่เคยเห็นสนามโครเก้ที่แปลกประหลาดขนาดนี้มาก่อน

La hierba era todo crestas y surcos
หญ้าเป็นสันเขาและร่องทั้งหมด

Las bolas de croquet eran erizos de verdad
ลูกโครเก้เป็นเม่นจริง

y los mazos eran flamencos de verdad
และค้อนเป็นนกฟลามิงโกจริง

Y los soldados se pusieron de pie sobre sus manos y sus pies
ทหารก็ยืนด้วยมือและเท้าของพวกเขา

porque los arcos estaban hechos de sus cuerpos
เพราะซุ้มประตูถูกสร้างขึ้นจากร่างกายของพวกเขา

Todos los jugadores jugaron a la vez
ผู้เล่นทั้งหมดเล่นพร้อมกัน

Nadie esperó su turno
ไม่มีใครรอคิว

y todos se peleaban con todos
และทุกคนทะเลาะกับทุกคน

y todos luchaban por los erizos
และทุกคนกำลังต่อสู้เพื่อเม่น

Pronto la reina se vio presa de una furiosa pasión
ในไม่ช้าราชินีก็อยู่ในความหลงใหลที่โกรธแค้น

Y empezó a patalear y a gritar
และเธอก็เริ่มกระทืบและตะโกน

"¡Córtale la cabeza!"
"ตัดหัวเขา!"

"¡Córtale la cabeza!"

"ตัดหัวเธอ!"

"¡Córtale la cabeza a todos!"

"ตัดหัวของพวกเขาออกทั้งหมด!"

De nuevo Alicia pensó para sí misma

อลิซคิดในใจอีกครั้ง

"Son terriblemente aficionados a decapitar a la gente aquí"

"พวกเขาชอบตัดศีรษะคนที่นี่อย่างน่ากลัว"

"¡La gran maravilla es que quede alguien vivo!"

"สิ่งมหัศจรรย์ที่ยิ่งใหญ่คือมีใครก็ตามที่เหลืออยู่!"

Buscaba alguna vía de escape

เธอกำลังมองหาทางหลบหนี

Notó una curiosa apariencia en el aire

เธอสังเกตเห็นรูปลักษณ์ที่น่าสงสัยในอากาศ

«Es el gato de Cheshire», se dijo a sí misma

"มันคือแมวเชชเชียร์" เธอพูดกับตัวเอง

"Ahora tendré a alguien con quien hablar"

"ตอนนี้ฉันจะมีใครสักคนคุยด้วย"

—¿Cómo te va? —preguntó el gato

"คุณเป็นอย่างไรบ้าง" แมวพูด

—No creo que jueguen nada limpio —dijo Alicia—

"ฉันไม่คิดว่าพวกเขาเล่นอย่างยุติธรรมเลย" อลิซกล่าว

Y tenía un tono bastante quejumbroso

และเธอมีน้ำเสียงที่ค่อนข้างบ่น

"Todos se pelean tan terriblemente"

"พวกเขาทั้งหมดทะเลาะกันอย่างน่ากลัว"

"Uno no se oye hablar"

"คนเราไม่ได้ยินตัวเองพูด"

"Y no parecen jugar con ninguna regla"

"และดูเหมือนว่าพวกเขาจะไม่เล่นตามกฎเกณฑ์ใด ๆ "

el gato le hizo una pregunta a Alicia en voz baja

แมวถามอลิซด้วยเสียงต่ำ

—¿Qué te parece la reina?

"คุณชอบราชินีอย่างไร"

—No me gusta nada —dijo Alicia—

"ฉันไม่ชอบเธอเลย" อลิซกล่าว

Alicia pensó que sería mejor que volviera

อลิซคิดว่าเธออาจจะกลับไปดีกว่า

Quería ver cómo iba el partido

เธอต้องการดูว่าเกมเป็นอย่างไร

Se fue en busca de su erizo

เธอออกไปตามหาเม่นของเธอ

El erizo estaba ocupado luchando contra otro erizo

เม่นกำลังยุ่งอยู่กับการต่อสู้กับเม่นอีกตัว

Esta fue una excelente oportunidad

นี่เป็นโอกาสที่ดี

Podía hacer croquet a un erizo con el otro

เธอสามารถโครเก้เม่นตัวหนึ่งกับอีกตัวหนึ่งได้

Pero su flamenco estaba al otro lado del jardín

แต่นกฟลามิงโกของเธออยู่อีกด้านหนึ่งของสวน

El flamenco era bastante torpe

นกฟลามิงโกค่อนข้างเงอะงะ

Su flamenco intentaba volar hacia un árbol

นกฟลามิงโกของเธอพยายามบินขึ้นไปบนต้นไม้

Atrapó al flamenco por la pierna

เธอจับนกฟลามิงโกที่ขา

Y guardó el flamenco bajo el brazo

และเธอก็ซุกนกฟลามิงโกไว้ใต้วงแขนของเธอ

De esa manera, el flamenco no pudo escapar de nuevo

วิธีนี้ฟลามิงโกจะหลบหนีไม่ได้อีก

Justo en ese momento Alicia se encontró con la duquesa

จากนั้นอลิซบังเอิญได้พบกับดัชเชส

La duquesa ya había salido de la cárcel

ดัชเชสออกจากคุกแล้ว

Metió cariñosamente su brazo bajo el brazo de Alicia

เธอซุกแขนของเธอไว้ใต้แขนของอลิซด้วยความรัก

Y luego se fueron juntos

แล้วพวกเขาก็เดินออกไปด้วยกัน

Alicia se alegró mucho de encontrarla de tan buen humor

อลิซดีใจมากที่พบเธอมีอารมณ์ที่น่ารื่นรมย์

Sin embargo, estaba un poco asustada

อย่างไรก็ตาม เธอตกใจเล็กน้อย

Oyó la voz de la duquesa cerca de su oído

เธอได้ยินเสียงของดัชเชสอยู่ใกล้หูของเธอ

"Estás pensando en algo, querida"

"คุณกำลังคิดอะไรบางอย่างที่รัก"

"Y eso hace que te olvides de hablar"

"และนั่นทำให้คุณลืมพูด"

—El juego va bastante mejor ahora —dijo Alicia—

"ตอนนี้เกมค่อนข้างดีขึ้น" อลิซกล่าว

Era una forma de mantener la conversación

มันเป็นวิธีหนึ่งที่ทำให้การสนทนาดำเนินต่อไป

-Así es -dijo la duquesa-

"มันเป็นเช่นนั้นจริงๆ" ดัชเชสกล่าว

"Y la moraleja de eso es esta:"

"และศีลธรรมของสิ่งนั้นคือ:"

"¡Es el amor el que lo hace todo!"

"มันเป็นความรักที่ทำทุกอย่าง!"

"El amor es lo que hace que el mundo gire"

"ความรักคือสิ่งที่ทำให้โลกหมุนไปรอบ ๆ "

Alicia tenía otra explicación

อลิซมีคำอธิบายอีกอย่างหนึ่ง

"¡Lo hace todo el mundo ocupándose de sus propios asuntos!"

"มันทำโดยทุกคนที่ใส่ใจธุรกิจของตัวเอง!"

—¡Ah, bueno! Podrías tener razón"

"อ่า ดี! คุณอาจจะพูดถูก"

-Todo significa lo mismo -dijo la duquesa-

"ทั้งหมดนี้มีความหมายเหมือนกันมาก" ดัชเชสกล่าว

y hundió su afilada barbilla en el hombro de Alicia

และเธอก็ขุดคางเล็ก ๆ ที่แหลมคมของเธอเข้าไปในไหล่ของอลิซ

"Y la moraleja de eso es esta"

"และศีลธรรมของสิ่งนั้นคือสิ่งนี้"

"Cuida el sentido"

"ดูแลความรู้สึก"

"Y entonces los sonidos se encargarán de sí mismos"

"แล้วเสียงจะดูแลตัวเอง"

Pero entonces el brazo de la duquesa empezó a temblar

แต่แล้วแขนของดัชเชสก็เริ่มสั่น

Alicia alzó la vista y allí estaba la reina

อลิซเงยหน้าขึ้นและราชินียืนอยู่

La reina tenía los brazos cruzados

ราชินีพับแขน

¡Y ella fruncía el ceño como una tormenta eléctrica!

และเธอขมวดคิ้วเหมือนพายุฝนฟ้าคะนอง!

—Te advierto —gritó la reina—

"ข้าเตือนท่านอย่างยุติธรรม" ราชินีตะโกน

Y pisoteó el suelo mientras hablaba

และเธอก็เหยียบพื้นขณะที่เธอพูด

"O tu cabeza o la suya deben estar cortadas"

"หัวของคุณหรือหัวของเธอต้องหลุด"

"¡Toma tu decisión!"

"เลือก!"

"Y ser rápido al respecto"

"และรีบไป"

La duquesa hizo su elección

ดัชเชสตัดสินใจเลือก

Y al cabo de un instante la duquesa se fue

และภายในครู่เดียวดัชเชสก็จากไป

Entonces la reina le habló a Alicia

จากนั้นราชินีก็พูดกับอลิซ

"Sigamos con el juego"

"ไปต่อกับเกมกันเถอะ"

Alicia estaba demasiado asustada para decir una palabra

อลิซกลัวเกินกว่าจะพูดอะไรสักคำ

Y la siguió lentamente hasta el campo de croquet

และเธอค่อยๆ เดินตามเธอกลับไปที่พื้นคร็อก

Todo el tiempo la Reina se peleó con los otros jugadores

ตลอดเวลาที่ราชินีทะเลาะกับผู้เล่นคนอื่น ๆ

"¡Córtale la cabeza!"

"ตัดหัวเขา!"

"¡Córtale la cabeza!"

"ตัดหัวเธอ!"

"¡Córtale la cabeza a todos!"

"ตัดหัวของพวกเขาออกทั้งหมด!"

Pronto todos los jugadores estaban bajo custodia

ในไม่ช้าผู้เล่นทุกคนก็ถูกควบคุมตัว

solo quedaron el rey, la reina y Alicia

มีเพียงกษัตริย์ ราชินี และอลิซเท่านั้นที่เหลืออยู่

Entonces la reina se marchó, casi sin aliento

จากนั้นราชินีก็จากไปด้วยลมหายใจไม่ออก

y se fue con Alicia

และเธอก็เดินจากไปพร้อมกับอลิซ

Alicia oyó que el rey decía algo en voz baja

อลิซได้ยินกษัตริย์พูดอะไรบางอย่างอย่างเงียบ ๆ

"Estáis todos perdonados"

"พวกคุณได้รับการอภัยโทษแล้ว"

Pero de repente se oyó otro grito

แต่ทันใดนั้นก็ได้ยินเสียงร้องอีกครั้ง

"¡El juicio está comenzando!"

"การพิจารณาคดีกำลังเริ่มต้นขึ้น!"

y Alicia corrió con los demás

และอลิซก็วิ่งไปพร้อมกับคนอื่นๆ

¿Quién robó las tartas?

ใครขโมยทาร์ต?

El rey y la reina de corazones estaban sentados

กษัตริย์และราชินีแห่งหัวใจนั่งอยู่

estaban en su trono cuando llegó Alicia

พวกเขาอยู่บนบัลลังก์เมื่ออลิซมาถึง

Había una gran multitud reunida a su alrededor

มีฝูงชนจำนวนมากมารวมตัวกันรอบตัวพวกเขา

Había todo tipo de pajaritos y bestias

มีนกตัวน้อยและสัตว์ร้ายทุกชนิด

Y allí estaba toda la baraja de cartas

และมีการ์ดทั้งซอง

La sota estaba de pie frente a ellos, encadenada

มีดยืนอยู่ตรงหน้าพวกเขาด้วยโซ่

y había un soldado a cada lado para custodiarlo

และมีทหารอยู่แต่ละด้านคอยเฝ้าพระองค์

cerca del Rey estaba el conejo blanco

ใกล้กษัตริย์คือกระต่ายขาว

Tenía una trompeta en una mano

เขามีแตรอยู่ในมือข้างหนึ่ง

y tenía un rollo de pergamino en la otra mano

และเขามีม้วนกระดาษหนังอยู่ในมืออีกข้างหนึ่ง

En el centro del patio había una mesa

ตรงกลางศาลมีโต๊ะ

Sobre la mesa había un gran plato de tartas

บนโต๊ะมีทาร์ตจานใหญ่

«Ojalá hicieran el juicio», pensó Alicia

"ฉันหวังว่าพวกเขาจะพิจารณาคดีให้เสร็จ" อลิซคิด

—¡Entonces podríamos comer algunos de esos refrescos!

"ถ้าอย่างนั้นเราก็กินเครื่องดื่มเหล่านั้นได้!"

El juez, por cierto, era el rey

ผู้พิพากษาคือกษัตริย์

y llevaba su corona sobre su gran peluca

และเขาสวมมงกุฎของเขาเหนือวิกผมขนาดใหญ่ของเขา

«Ésa es la tribuna del jurado», pensó Alicia

"นั่นคือกล่องคณะลูกขุน" อลิซคิด

"Y esas doce criaturas, supongo que son los miembros del jurado"

"และสิ่งมีชีวิตสิบสองคนนั้น ฉันคิดว่าพวกเขาเป็นลูกขุน"

algunos eran animales y otros eran pájaros

บางตัวเป็นสัตว์และบางตัวเป็นนก

En ese momento el conejo blanco gritó

กระต่ายขาวก็ร้องออกมา

"¡Silencio en la corte!"

"เงียบในศาล!"

"¡Heraldo, lee la acusación!", dijo el rey

"เฮรัลด์ อ่านข้อกล่าวหา!" กษัตริย์ตรัส

El Conejo Blanco tocó tres veces la trompeta

กระต่ายขาวเป่าทรัมเป็ตสามครั้ง

Luego desenrolló el rollo de pergamino

จากนั้นเขาก็คลี่ม้วนกระดาษ

Y leyó lo siguiente:

และเขาอ่านดังนี้:

"La reina de corazones, hizo unas tartas"

"ราชินีแห่งหัวใจ เธอทำทาร์ต"

"Todo esto lo hizo en un día de verano"

"ทั้งหมดนี้เธอทำในวันฤดูร้อน"

"La sota de los corazones, robó esas tartas"

"มีดแห่งหัวใจ เขาขโมยทาร์ตเหล่านั้น"

—¡Y se llevó esas tartas muy lejos!

"และเขาก็เอาทาร์ตเหล่านั้นไปไกล!"

—Llama al primer testigo —dijo el rey—

"เรียกพยานคนแรก" กษัตริย์ตรัส

y el conejo blanco tocó tres veces la trompeta

และกระต่ายขาวก็เป่าแตรสามครั้ง

"¡Traigan al primer testigo!", gritó

"นำพยานคนแรกมา!" เขาตะโกน

El primer testigo fue el sombrerero

พยานคนแรกคือช่างทำหมวก

Entró con una taza de té en una mano

เขาเข้ามาพร้อมถ้วยชาในมือข้างหนึ่ง

Y tenía un pedazo de pan con mantequilla en la otra mano
และเขามีขนมปังและเนยชิ้นหนึ่งอยู่ในมืออีกข้างหนึ่ง

—Tendrías que haber terminado —dijo el rey—
"ท่านควรจะจบแล้ว" กษัตริย์ตรัส

—¿Cuándo empezaste?
"คุณเริ่มเมื่อไหร่?"

El sombrerero miró a la liebre de marcha
ช่างทำหมวกมองไปที่กระต่ายเดินขบวน

La Liebre de Marzo lo había seguido hasta el patio
กระต่ายเดินขบวนตามเขาเข้าไปในศาล

Había caminado del brazo del lirón
เขาเดินจับมือกับหนูนอน

—El catorce de marzo, creo que fue —dijo—
"สิบสี่เดือนมีนาคม ฉันคิดว่ามันเป็นเช่นนั้น"

—Da tu testimonio —dijo el rey—
"ให้หลักฐานของคุณ" กษัตริย์ตรัส

"Y no te pongas nervioso, o te haré ejecutar en el acto"
"และอย่าประหม่า ไม่งั้นฉันจะประหารชีวิตคุณทันที"

Esto no pareció animar en absoluto al testigo
สิ่งนี้ดูเหมือนจะไม่สนับสนุนพยานเลย

Seguía moviéndose de un pie al otro
เขาขยับจากเท้าข้างหนึ่งไปอีกข้างหนึ่ง

Y miró inquieto a la reina
และเขามองไปที่ราชินีอย่างไม่สบายใจ

Y, en su confusión, mordió un gran trozo de su taza de té
เขากัดชิ้นใหญ่ออกจากถ้วยชาของเขา

En realidad, tenía la intención de morder de su pan y

mantequilla

จริงๆ แล้วเขาตั้งใจจะกัดขนมปังและเนยของเขา

Justo en ese momento, Alicia sintió una sensación muy curiosa

ในขณะนั้นอลิซรู้สึกอยากรู้อยากเห็นมาก

Empezaba a crecer de nuevo

เธอเริ่มโตขึ้นอีกครั้ง

Al miserable sombrerero se le cayó la taza de té

ช่างทำหมวกที่น่าสังเวชทำถ้วยชาหล่น

y el pan y la mantequilla cayeron al suelo

ขนมปังและเนยก็ตกลงสู่พื้น

Y cayó sobre una rodilla

และเขาก็คุกเข่าลง

—Soy un pobre hombre, majestad —comenzó—

"ข้าพเจ้าเป็นคนยากจน พระบาทสมเด็จพระเจ้าอยู่หัว"

—Eres un orador muy malo —dijo el rey—

"คุณเป็นนักพูดที่แย่มาก" กษัตริย์ตรัส

—Puedes irte —dijo el rey—

"ท่านไปได้" กษัตริย์ตรัส

Y el sombrerero abandonó apresuradamente el patio

และช่างทำหมวกก็รีบออกจากศาล

—¡Llama al próximo testigo! —dijo el rey—

"เรียกพยานคนต่อไป!" กษัตริย์ตรัส

El siguiente testigo fue el cocinero de la duquesa

พยานคนต่อไปคือพ่อครัวของดัชเชส

Llevaba la caja de pimienta en la mano

เธอถือกล่องพริกไทยไว้ในมือ

Y la gente que estaba cerca de la puerta empezó a estornudar de repente

และผู้คนใกล้ประตูก็เริ่มจามพร้อมกัน

—Da tu testimonio —dijo el rey—

"ให้หลักฐานของคุณ" กษัตริย์ตรัส

-No daré ninguna prueba -dijo el cocinero-

"ฉันจะไม่ให้หลักฐาน" พ่อครัวกล่าว

El rey miró ansiosamente al conejo blanco

กษัตริย์มองกระต่ายขาวด้วยความกังวล

Y el conejo blanco habló en voz baja

และกระต่ายขาวพูดด้วยเสียงเบา ๆ

"Su Majestad debe interrogar a este testigo"

"พระบาทสมเด็จพระเจ้าอยู่หัวทรงสอบปากคำพยานคนนี้"

"Bueno, si debo, debo", dijo el rey

"ถ้าฉันต้อง ฉันก็ต้อง" กษัตริย์กล่าว

"¿De qué están hechas las tartas?"

"ทาร์ตทำมาจากอะไร"

—Las tartas están hechas de pimienta, en su mayoría —dijo
el cocinero—

"ทาร์ตส่วนใหญ่ทำจากพริกไทย" พ่อครัวกล่าว

Durante algunos minutos, toda la corte estuvo en confusión

สักครู่ทั้งศาลสับสน

Con el tiempo, todos se calmaron de nuevo

ในที่สุดพวกเขาก็กลับมาตั้งรกรากอีกครั้ง

Pero para entonces el cocinero había desaparecido

แต่เมื่อถึงตอนนั้นพ่อครัวก็หายตัวไป

"¡No importa!", dijo el rey

"ไม่เป็นไร!" กษัตริย์ตรัส

"Llamar al estrado al próximo testigo"

"เรียกพยานคนต่อไปมายืน"

Alicia observó al conejo blanco mientras él repasaba a tientas la lista

อลิซเฝ้าดูกระต่ายขาวขณะที่เขาคลำรายการ

Puedes imaginar su sorpresa por lo que escuchó a continuación

คุณสามารถจินตนาการถึงความประหลาดใจของเธอกับสิ่งที่เธอได้ยินต่อไป

con su vocecita estridente, llamó el nombre de «¡Alicia!»

เขาเรียกชื่อว่า "อลิซ!"

La evidencia de Alicia
หลักฐานของอลิซ

-¡Aquí! -exclamó Alicia-

"นี่!" อลิซร้อง

Se levantó de un salto a toda prisa

เธอกระโดดขึ้นอย่างรีบร้อน

Y volcó el estrado del jurado

และเธอก็พลิกคว่ำกล่องคณะลูกขุน

y derribó a todos los miembros del jurado

และเธอก็ล้มคณะลูกขุนทั้งหมด

y cayeron sobre las cabezas de la muchedumbre de abajo

และพวกเขาก็ล้มลงบนศีรษะของฝูงชนด้านล่าง

Alicia estaba muy consternada

อลิซตกใจมาก

"¡Oh, le ruego que me perdone!", exclamó

"โอ้ ฉันขอโทษ!" เธออุทาน

—El juicio no puede continuar —dijo el rey—

"การพิจารณาคดีไม่สามารถดำเนินต่อไปได้" กษัตริย์ตรัส

"Los miembros del jurado deben volver a ocupar su lugar"

"คณะลูกขุนต้องกลับไปอยู่ในที่ที่เหมาะสม"

Repitió la orden con gran énfasis

เขาย้ำคำสั่งด้วยความเน้นย้ำ

y miró a Alicia con severidad

และเขามองอลิซอย่างเคร่งครัด

—¿Qué sabe usted de estos acontecimientos? —preguntó el rey a Alicia

"คุณรู้อะไรเกี่ยวกับเหตุการณ์เหล่านี้" กษัตริย์ถามอลิซ

—No sé nada sobre el tema —dijo Alicia—

"ฉันไม่รู้อะไรเลยในเรื่องนี้" อลิซกล่าว

Entonces el rey leyó de su libro

จากนั้นกษัตริย์อ่านจากหนังสือของเขา

"Regla cuarenta y dos"

"กฎสี่สิบสอง"

"Todas las personas que tengan más de una milla de altura deben abandonar el tribunal"

"ทุกคนที่สูงเกินหนึ่งไมล์จะต้องออกจากศาล"

—No mido ni una milla de altura —dijo Alicia—

"ฉันไม่สูงสักไมล์" อลิซกล่าว

—Casi dos millas de altura —dijo la Reina—

"สูงเกือบสองไมล์" ราชินีตรัส

—Bueno, me niego a ir —dijo Alicia—

"ฉันปฏิเสธที่จะไป" อลิซกล่าว

El rey palideció

กษัตริย์หน้าซีด

Y cerró apresuradamente su cuaderno de notas

และเขาก็รีบปิดสมุดบันทึกของเขา

"Consideren su veredicto", le dijo al jurado

"พิจารณาคำตัดสินของคุณ" เขาพูดกับคณะลูกขุน

Habló en voz baja y temblorosa

เขาพูดด้วยน้ำเสียงต่ำและสั่นสะเทือน

Entonces habló el conejo blanco

จากนั้นกระต่ายขาวก็พูด

"Todavía hay más pruebas por venir"

"ยังมีหลักฐานเพิ่มเติมที่จะมา"

Y se levantó de un salto a toda prisa

และเขาก็กระโดดขึ้นอย่างเร่งรีบ

"Este papel acaba de ser recogido"

"กระดาษนี้เพิ่งหยิบขึ้นมา"

"Parece ser una carta escrita por el prisionero"

"ดูเหมือนว่าจะเป็นจดหมายที่เขียนโดยนักโทษ"

Desdobló el papel mientras hablaba

เขากางกระดาษออกขณะพูด

"Al fin y al cabo, no es una carta"

"มันไม่ใช่จดหมาย"

"Lo que era era un conjunto de versos"

"สิ่งที่เป็นชุดของข้อ"

—Por favor, majestad —dijo el bribón—

"ได้โปรด พระบาทสมเด็จพระเจ้าอยู่หัว" มีดกล่าว

"Yo no escribí esos versos"

"ฉันไม่ได้เขียนข้อเหล่านั้น"

"y no pueden probar que yo escribí nada"

"และพวกเขาไม่สามารถพิสูจน์ได้ว่าฉันเขียนอะไรเลย"

"No hay ningún nombre firmado al final"
"ไม่มีชื่อลงนามในตอนท้าย"

El rey le habló a la sota
กษัตริย์ตรัสกับมีด

"Debes haber tenido la intención de causar algún daño"
"คุณคงตั้งใจจะก่อความชั่วร้าย"

"De lo contrario, habrías firmado con tu nombre como un hombre honrado"
"ไม่เช่นนั้นคุณคงเซ็นชื่อเหมือนคนซื่อสัตย์"

Hubo un aplauso general
มีเสียงปรบมือทั่วไป

Y el rey se volvió hacia el conejo blanco
และกษัตริย์ก็หันไปหากระต่ายขาว

—Lee los versos —ordenó—
"อ่านโองการ" เขาสั่ง

Hubo un silencio sepulcral en la corte
มีความเงียบสงบในศาล

Y el conejo blanco leyó los versos
และกระต่ายขาวก็อ่านโองการ

Me dijeron que habías estado con ella
พวกเขาบอกฉันว่าคุณเคยไปหาเธอ

Y me mencionaron a él
และพวกเขาก็พูดถึงฉันกับเขา

Ella me dio un buen carácter
เธอให้ตัวละครที่ดีแก่ฉัน

Pero ella dijo que yo no sabía nadar
แต่เธอบอกว่าฉันว่ายน้ำไม่เป็น

Les mandó decir que yo no había ido

เขาส่งข่าวให้พวกเขาว่าฉันไม่ได้ไป

Sabemos que es verdad
เรารู้ว่ามันเป็นความจริง

Si ella insistiera en el asunto, ¿qué sería de ti?
ถ้าเธอผลักดันเรื่องนี้ต่อไป จะเกิดอะไรขึ้นกับคุณ?

Yo le di uno, ellos le dieron dos
ฉันให้เธอหนึ่ง พวกเขาให้เขาสอง

Nos diste tres o más
คุณให้เราสามหรือมากกว่านั้น

Todos volvieron de él a ti
พวกเขาทั้งหมดกลับมาจากพระองค์ถึงคุณ

aunque antes eran míos
แม้ว่าพวกเขาจะเป็นของฉันมาก่อน

Si yo o ella tuviéramos la oportunidad de serlo
ถ้าฉันหรือเธอมีโอกาสเป็น

Si yo o ella estuviéramos involucrados en este asunto
ถ้าฉันหรือเธอมีส่วนเกี่ยวข้องกับเรื่องนี้

Él confía en ti para liberarlos
พระองค์ทรงวางใจให้คุณปลดปล่อยพวกเขา

Exactamente como estábamos
ตรงอย่างที่เราเป็น

Mi idea era que tú habías sido
ความคิดของฉันคือคุณเคยเป็น

Antes de que ella tuviera este ataque
ก่อนที่เธอจะพอดี

Un obstáculo que se interpuso entre
อุปสรรคที่มาระหว่าง

A Él, y a nosotros mismos, y a

พระองค์ และตัวเราเอง และมัน

No le dejes saber que a ella le gustaban más
อย่าให้เขารู้ว่าเธอชอบพวกเขามากที่สุด

Porque esto debe ser para siempre un secreto, guardado de todos los demás
เพราะนี่ต้องเป็นความลับตลอดไป

ถูกเก็บไว้จากส่วนที่เหลือทั้งหมด

Este secreto debe seguir siendo un secreto entre tú y yo
ความลับนี้ต้องยังคงเป็นความลับระหว่างคุณกับฉัน

El rey quedó muy impresionado
กษัตริย์ประทับใจมาก

"Esa es la prueba más importante que hemos escuchado hasta ahora"
"นั่นเป็นหลักฐานที่สำคัญที่สุดที่เราเคยได้ยินมา"

—No creo que esos versos tengan un átomo de significado — objetó Alicia—
"ฉันไม่เชื่อว่าข้อพระคัมภีร์เหล่านั้นมีความหมาย" อลิซคัดค้าน

el rey tenía su propia opinión al respecto
กษัตริย์มีความเห็นของพระองค์เองในเรื่องนี้

"Si no hay significado en esas palabras, eso salva un mundo de problemas"
"ถ้าไม่มีความหมายในคำพูดเหล่านั้น

นั่นจะช่วยโลกแห่งปัญหาได้"

"Entonces no necesitamos tratar de encontrar el significado"
"ถ้าอย่างนั้นเราไม่จำเป็นต้องพยายามหาความหมาย"

"Que el jurado considere su veredicto"
"ให้คณะลูกขุนพิจารณาคำตัดสินของพวกเขา"

-¡No, no! -dijo la reina-

"ไม่ ไม่!" ราชินีกล่าว

"Primero la sentencia y después el veredicto"

"ตัดสินก่อน—คำตัดสินหลังจากนั้น"

-¡Tonterías y tonterías! -exclamó Alicia en voz alta-

"เรื่องไร้สาระ!" อลิซพูดเสียงดัง

"¡Qué tontería es sentenciar al acusado primero!"

"มันโง่แค่ไหนที่จะตัดสินจำเลยก่อน!"

—¡Cállate la lengua! —dijo la reina, poniéndose morada—

"กลั้นลิ้น!" ราชินีพูด เปลี่ยนเป็นสีม่วง

-¡No me callaré! -exclamó Alicia-

"ฉันจะไม่กลั้นลิ้น!" อลิซกล่าว

—gritó la Reina a voz en cuello—

ราชินีตะโกนด้วยเสียงสูงสุด

"¡Córtale la cabeza!"

"ตัดหัวของเธอ!"

Nadie hizo un movimiento

ไม่มีใครเคลื่อนไหว

-¿A quién le importa lo que digas? -dijo Alicia-
"ใครสนใจสิ่งที่คุณพูด" อลิซกล่าว

Para entonces ya había crecido hasta alcanzar su tamaño completo
เธอโตเต็มขนาดในเวลานี้

"¡No eres más que un mazo de cartas!"
"คุณไม่มีอะไรนอกจากการ์ดแพ็ค!"

Al oír esto, todas las cartas se alzaron en el aire
เมื่อถึงจุดนี้ ไพ่ทั้งหมดลอยขึ้นในอากาศ

Y todas las cartas cayeron volando sobre ella
และไพ่ทั้งหมดก็บินลงมาหาเธอ

Ella dio un pequeño grito
เธอกรีดร้องเล็กน้อย

Estaba medio asustada, pero también enojada
เธอกลัวครึ่งหนึ่ง แต่ก็โกรธเช่นกัน

Y trató de quitarse las cartas de encima
และเธอพยายามต่อสู้กับไพ่ของตัวเอง

Y entonces se encontró tendida en el banco de hierba
แล้วเธอก็พบว่าตัวเองนอนอยู่บนตลิ่งหญ้า

Su cabeza estaba en el regazo de su hermana
ศีรษะของเธออยู่ในตักของน้องสาวของเธอ

Algunas hojas muertas habían caído en su cara
ใบไม้ที่ตายแล้วตกลงบนใบหน้าของเธอ

Y su hermana estaba cepillando suavemente las hojas
และน้องสาวของเธอก็ค่อยๆ ปัดใบไม้ออก

-¡Despierta, querida Alicia! -dijo su hermana-
"ตื่นขึ้นเถอะ อลิซที่รัก!" น้องสาวของเธอพูด

—¡Qué sueño tan largo has tenido!

"คุณนอนหลับนานมาก!"

-¡Oh, he tenido un sueño tan curioso! -exclamó Alicia-

"โอ้ ฉันฝันอยากรู้อยากเห็น!" อลิซกล่าว

Y le contó a su hermana todo lo que podía recordar

และเธอก็บอกน้องสาวของเธอทุกอย่างที่เธอจำได้

todas las extrañas aventuras sobre las que acabas de leer

การผจญภัยแปลก ๆ ทั้งหมดที่คุณเพิ่งอ่าน

Alicia se levantó y salió corriendo

อลิซลุกขึ้นและวิ่งหนีไป

Y pensó, mientras corría, en su sueño

และเธอคิดถึงความฝันของเธอในขณะที่เธอวิ่ง

—¡Qué sueño tan maravilloso había sido!

"ช่างเป็นความฝันที่ยอดเยี่ยมจริงๆ!"